Tagträume
Erotische Kurzgeschichten für unterwegs

Gina Rojas

Tagträume

*Erotische Kurzgeschichten
für unterwegs*

Gina Rojas

Bibliografische Information
der Deutschen Nationalbibliothek:

Die Deutsche Nationalbibliothek verzeichnet diese
Publikation in der Deutschen Nationalbibliografie;
detaillierte bibliografische Daten sind im Internet
über http://dnb.dnb.de abrufbar.

Herstellung und Verlag:
BoD – Books on Demand, Norderstedt

ISBN: 978-3-7481-0157-4

Inhalt

Sie träumt

Er träumt

Ein Experiment

Vertraust Du mir? Dann stell dich vor mich und schließ die Augen. Lass die Arme locker, damit ich die Knöpfe an deinem Hemd öffnen und es dir über die Arme herunterstreifen kann. Sind deine Augen noch geschlossen? Gut. Jetzt spürst du einen seidigen Stoff an deinem Gesicht, über den Augenlidern. Ich verbinde dir die Augen mit meinem Schal. Ich stelle mich hinter dich. Reich mir die Hände, lass sie über meine Hüften gleiten. Ich beuge mich hinunter und küsse dir deine Fingerspitzen. Klick-klick. Nein, keine Kamera. Handschellen. Kühles Metall schließt sich um deine Handgelenke. Sie sind locker genug, dass du deine Hände drehen kannst, schränken aber die Bewegungsfreiheit deiner Arme auf einen kleinen Bereich hinter deinem unteren Rücken und Po ein. Bist du überrascht? Gut so. Vielleicht gelingt es mir, dich noch mehr zu überraschen.

Ich küsse deinen Nacken und lasse meine Fingernägel, die schon ewig nicht mehr so lang waren wie im Moment, an deiner Wirbelsäule nach unten gleiten. Ich meine, eine leichte Gänsehaut an deinen Armen wahrzunehmen. Habe ich Recht?

Meine Lippen nähern sich wieder deinen Händen. Ich lecke sanft deine Handflächen, umkreise mit der Zungenspitze deine Fingerkuppen. Dann nehme ich jeden Finger so tief in den Mund wie du mir sonst deinen Liebesstab überlässt und lutsche sie ab. Meine Zunge verweilt an der zarten Hautstelle zwischen deinen Fingern. Ich sauge an jedem einzelnen deiner Finger, die du bereitwillig auseinander hältst. Ach nein, auf einmal presst du zwei Finger aneinander. Aber sicher doch, die passen auch in meinen Mund. Dann sind es auf einmal drei, dann vier, die sich mir wie die Stängel in einem Blumenstrauß entgegenrecken. Ich öffne meinen Munde soweit ich kann und lasse das Fingerbüschel tief in mir verschwinden, bis du mit dem Mittelfinger fast an meinen Gaumen stößt. Zufall? Absicht? Die Assoziation, dass ich genau so etwas anderes blasen könnte, ist überwältigend.

Mich macht die Vorstellung geil, dass dein Schwanz so tief in mir stecken könnte, bis knapp vor dem Würgereiz. Und wenn ich dich so beobachte, scheint es dir genauso zu gehen. Die Erotik des Augenblicks nimmt uns gefangen, obwohl mein Mund und deine Finger die einzige Stelle sind, an der sich unsere Körper berühren.

Wir haben uns ganz für uns allein, und das Kopfkino läuft auf vollen Touren.

Ich glaube, du würdest mich gern berühren. Deshalb gehe ich hinter dir halb in die Knie. Deine ausgestreckten Finger berühren meine Brüste. Das sollen sie auch. Ich bringe mich so in Position, dass du meine Brustwarzen streicheln kannst. Du darfst gerne darüber reiben und sie zwischendurch fest drücken. Mach, dass sie hart werden, das macht mich an. Du massierst beide Brüste, die ich dir abwechselnd anbiete. Ich fühle, wie ich immer feuchter werde. Willst du das auch spüren? Warte, tritt einen Schritt zurück. Du stehst jetzt an der Kante zum Bett, auf das ich gestiegen bin. Ich gehe auf die Knie. Jetzt habe ich die richtige Höhe, damit deine Finger meine Spalte erreichen können. Bin ich glatt genug rasiert? Nein? Dann darfst du mir dafür den Po versohlen. Du kommst mit deinen Händen nicht an meinen Po? Hihi, dann muss das wohl noch warten.

Ich spreize die Beine. Fühlst du, wie nass ich mittlerweile bin? Lass deine Finger und deine Handfläche über meine Perle gleiten. Ich helfe dir bei der Bewegung und schiebe mein Becken vor und zurück. Die Handschellen berühren meine Auster. Kalt. Aufregend. Jetzt klapp einen Finger nach oben ab. Wie von selbst gleitet er in mich. Was für ein umwerfendes Gefühl. Wie kommt es, dass deine Finger selbst in dieser ungelenken Position so sanft sein können? Ich richte mich etwas auf. Dein Finger erreicht nun nur noch den Eingang. Ich merke, wie du dich anstrengst, um deinen Finger wieder einzuführen. Ja, ich will das auch, ich komme dir entgegen, beuge etwas die Knie. Lass uns das ein paar Mal wiederholen, bitte. Probier verschiedene Finger. Wenn du dich nicht entscheiden kannst, lass einfach zwei Finger nach oben zeigen.

Während du noch mit meiner Perle spielst, will ich wissen, ob dir unser Spiel wirklich gefällt. Meine Hände fahren am Bund deiner Jeans entlang nach vorne, dann an den Knöpfen nach unten. Keine Frage, alles sehr eng. Ich werde dir mehr Platz verschaffen. Gürtel und Knöpfe auf, dann schiebe ich deine Hose herunter und helfe dir aus den Hosenbeinen. Was für eine Überraschung darunter. Eigentlich zwei. Zuerst der weiße satinartige Stoff mit den teiltransparenten Bereichen und einer Sicherheitsnadel an der Seite. Du trägst eines dieser Teile, die ich ausgesucht habe, weil sie deinen Knackpo und die Sportlerbeine und schön zur Geltung bringen und weil mich das verrückt macht! Wenn ich das geahnt hätte, hättest Du die enge Jeans schon länger loswerden dürfen. Die zweite Überraschung ist eigentlich keine, sondern bestätigt meine Erwartung. Der elastische Stoff des Slips spannt, dein Schwanz ist hart, an einer Stelle haben deine Lusttropfen den Stoff großflächig durchtränkt. Ich kann nicht anders, ich muss um dich herumgehen und am Stoff lecken, um dich – endlich einmal wieder – zu schmecken. Ich streichle den Stoff, die Haptik ist umwerfend, aber nichts gegen die Haptik deiner Haut, als ich beim Streicheln den Daumen unter den Stoff schiebe und den Slip so bei jeder Bewegung ein Stück weiter nach unten ziehe. Jetzt stehst du ganz nackt vor mir, die Hände immer noch in Handschellen und meinen Schal vor den Augen. Ich spüre die Spannung. Du weißt nicht, wie es weiter geht, aber was du am liebsten hättest, ist unverkennbar: deinen Schwanz in eine meiner Körperöffnungen versenken.

Ich entscheide mich dafür, dir dabei zu helfen, dich auf den Rücken auf das Bett zu legen. Du liegst auf deinen Armen, vielleicht drückt das Metall der Handschellen. Wir versuchen es trotzdem, du wirst mir sagen, wenn es unangenehm wird. Jetzt kann ich endlich die restlichen Lusttropfen ablecken. Die erste Körperöffnung hat sich damit wie von selbst ergeben. Es macht mich unglaublich heiß, deine wachsende Erregung zu sehen. Nach einer Weile ruckst du mehrere Male hin und her. Aha, die Handschellen bremsen das Vergnügen. Ich öffne eine und du reckst deine Arme über deinen Kopf, um dich erst einmal richtig auszustrecken. Klick. Ich habe den Moment ausgenutzt, um die zweite Handschelle wieder zu schließen. Du hörst mein freches Lachen und musst auch schmunzeln. Noch gebe ich deine Hände nicht frei.

Im Gegenteil, ich fasse sie und stütze mich mit den Armen auf deinen Händen ab. Dann setze ich mich auf dich. Du dringst mühelos in mich ein. Körperöffnung Nummer zwei. Ich reite auf dir. Eine leichte Bewegung deines Beckens gibt mir den Rhythmus. Zwischendurch küsse ich dich. Unsere Zungen passen perfekt zu einander. Es ist, als würden sie sich schon lange kennen und genau wissen, wie sie miteinander spielen müssen, um uns um den Verstand zu bringen. Nach einer Weile wird die Innenseite meiner Oberschenkel nass. Mein Saft und deine Tropfen haben sich bereits gemischt und suchen sich ihren Weg nach draußen. Ich befeuchte meine Finger damit und führe sie an deinen Mund. Nein, nicht alles für dich, ich will auch davon abhaben. Ich lecke deine Lippen ab und suche in deinem Mund nach Resten unserer Mischung.

Ich will jetzt deine Augen sehen, will deine Verzückung genießen, der Schal gleitet ganz leicht von deinem Kopf. Deine Hände, die nun nicht mehr das Gewicht meines Oberkörpers tragen, tasten nach meinem Gesicht, nach meinen Brüsten, nach meiner Auster. Sekt und Austern – das könnte unser Motto werden. Nein, ich will dich nicht mehr einengen, dich von keiner Zärtlichkeit mehr abhalten, dich ganz genießen. Klick-klick, weg mit dem Metall. Deine neu gewonnene Freiheit nutzt du sofort, ziehst mich zu dir herunter, streichelst mich. Deine Hände sind überall, als hätten sie etwas nachzuholen. Welch ein Genuss! Wie nass kann ich eigentlich werden, ich habe das Gefühl zu schwimmen. Mit dir, im warmen Meerwasser, Sonne auf der Haut, nahezu schwerelos.

Unsere Erregung wächst, wir bewegen uns schneller. Willst du in Körperöffnung Nummer drei kommen? Ich erhebe mich nur kurz, verändere leicht die Position, setze mich langsam auf dich. Ein leiser Schrei entweicht mir. Es ist eng. Und sehr erregend. Du füllst mich aus. Jetzt bist du ganz tief in meinem Po. Gib mir wieder den

Rhythmus. Zuerst langsam. Dann darfst du schneller werden. Du spannst die Beine an und drückst die Knie durch. So kannst du maximal tief in mich stoßen. Ich spüre dich unter mir beben. Unsere Augen sind geschlossen. Wir sind nur bei uns, ein einzige Universum, alles andere versinkt. Du stöhnst leise. Das verrät mir, dass du bald kommst. Du öffnest kurz die Augen, siehst mich fragend an. Du brauchst nicht zu fragen. Es gibt nichts Schöneres, als wenn du dich in mir verströmst. Dann fühle ich deine Explosion. Du spannst dich ein letztes Mal an, ich höre deine Laute der Lust. Was für ein Geschenk, dass ich das mit dir erleben darf! Deine Erregung klingt nur langsam ab, das zeigt mir, dass es gut war. Nach und nach kommst du zur Ruhe.

Du hast mich knapp überholt. Es macht mir nichts aus. Zum Ausgleich konnte ich deinen Höhepunkt ohne Ablenkung miterleben. Außerdem weiß ich, dass du mich gerne und ausgiebig verwöhnst. Also keine Gefahr, dass ich nicht auf meine Kosten komme. So bleibe ich auf dir sitzen und beuge mich etwas nach hinten. Du bist immer noch in mir, aber es ist Platz genug für deine Hände, die meine Perle massieren. Dein Vorsprung war wirklich knapp. Ich spüre schon, wie sich die warme

Woge der Wonne nähert. Ein Gefühl von Wärme macht sich in meinem Unterleib breit. Ich sehe dich kurz an, damit du weißt, dass ich gleich so weit bin. Ich drücke mich noch weiter nach hinten. Mein Becken reckt sich wie von alleine zu dir. Morgen werde ich vielleicht eine kleine Zerrung in den Oberschenkeln davon haben, aber kein Gedanke ist jetzt weiter weg als dieser. Dann muss ich mich aufbäumen, ich stöhne laut, als das Feuerwerk Orgasmus über mich hinwegrollt. Alles kontrahiert unkontrollierbar. Dann lässt die Spannung langsam nach. Durchgeschwitzt beuge ich mich zu dir hinunter. Küss mich jetzt, halt mich ganz fest. Dieser Moment könnte gerne ewig andauern. Jetzt sind wir uns so nah, eigentlich eins, es steht nichts mehr zwischen uns.

Nach einer endlosen Weile lösen wir uns langsam voneinander. Was immer wir nun entscheiden zu tun, nebeneinander einschlafen, zusammen duschen, ein Schwätzchen bei einem Glas Wein oder noch einmal ausgehen, alles wird wunderbar, weil wir zusammen sind.

Später als wir auf der Terrasse dem Sonnenuntergang zusehen, finde ich Gelegenheit, dich zu fragen, wie dir das Experiment gefallen hat. Breiterer Feldtest erwünscht?

Das neue Auto

Endlich ist er geliefert worden, unser neuer Flitzer! Er hatte eine lange Lieferzeit, aber das Warten hat sich gelohnt. Es ist das Cabrio, von dem wir schon lange geträumt haben, natürlich in rot, und liegt auf der Straße wie auf Schienen. Noch dazu ist heute das perfekte Wetter, ein milder Frühlingstag, die Sonne scheint, der Wind hält sich zurück. Also die ideale Gelegenheit für eine kleine Spritztour. Wir entscheiden uns für eine kurvenreiche Strecke mit viel Wald. Es geht – wie so oft im Leben – gar nicht um Geschwindigkeit, sondern um Genuss. Du streamst chillige Musik für uns. Durch das offene Dach klingt es, als kämen die Lieder direkt vom Himmel auf uns heruntergeschwebt.

Als wir schon eine ganze Weile genießend gefahren sind, will ich auch mal ans Steuer, also fährst Du ein Stück in einen Waldweg hinein und hältst an. Wir steigen aus und strecken uns erst einmal. Naja, es ist zwar ein Fun-Auto, aber halt ein sportliches, an die harte Federung muss man sich erst gewöhnen. Als ich vor unserem Fahrzeug stehe, um es noch einmal in Ruhe zu bewundern, zückst du dein Handy. „Bleib so", sagst du, „ein Foto mit neuem Auto und alter Frau." Na danke, was für ein liebenswertes Kompliment. Aber ich lasse mir nichts gefallen und gebe Contra: „Meine wohlgeformten Beine können gut mithalten mit den Rundungen der Kotflügel." Und wie zum Beweis ziehe ich meinen eigentlich auch so schon kurzen Rock noch ein Stück nach oben und räkele mich ein bisschen hin und her. „Wow! Das werden geniale Fotos. Mach weiter so." Die alte Frau scheint vergessen, und ich höre immer wieder den Auslöser der Kamera.

Irgendwie gefällt mir das. Ich drehe mich nach rechts und links, halte mit den Händen meine Haare nach oben und wuschele darin. Dann schiebe ich einem plötzlichen Einfall folgend den Rock in mehreren Schritten immer weiter nach oben. „Wenn du so weitermachst, sehe ich deine Unterwäsche." Ist da eine Spur Aufregung in deiner Stimme? Mal sehen, ob du schnell genug bist. Ich ziehe den Rock blitzartig ganz nach oben und lasse ihn wieder fallen. Für den Bruchteil eines Augenblicks siehst du meinen String, heute in der Farbe aubergine mit schwarzer Spitze. Es ist ein winziges Teil, im Schritt sehr schmal geschnitten. Da andererseits meine Schamlippen wohl eher unter die

Kategorie fleischig fallen, kann es passieren, dass der String zwischen die Schamlippen rutscht und eigentlich mehr zeigt, als er verdeckt. So gerade eben auch durch das Räkeln geschehen. Ich weiß das, habe ihn aber nicht zurechtgerückt und überlege gerade, warum wohl nicht.

Auf deinem Gesicht spiegelt sich Enttäuschung. „Das war zu kurz. Ich hab das Innenleben deiner heißen Schenkel nicht draufbekommen." „Was bietest du mir denn für eine Wiederholung?", frage ich kess. „Ich korrigiere persönlich den Sitz deines Strings, wenn du magst." Das klingt sehr verlockend. Ich weiß sehr wohl, wie zärtlich deine Finger sein können und was sie anzustellen in der Lage sind, um mich zur Verzückung zu bringen. Also ziehe ich überredet den Rock ein weiteres Mal hoch, lasse ihn dieses Mal so und bewege wieder die Hüften hin und her. Das Smartphone klickt unaufhörlich.

Jetzt kommen weitere Regieanweisungen: „Stell dich breitbeinig hin!", „Stemm die Hände in die Taille!", „Lehn dich mit dem Po gegen die Motorhaube und streck mir dein Becken entgegen!". Jedes Mal, wenn ich deinen Aufforderungen Folge leiste, lobst du mich ausgiebig. Zuerst sagst du nur: „Toll, gut machst du das, und weiter so." Aber du bist nicht so ganz der professionelle Fotograf, für den du dich ausgibst. Ich höre an deiner Stimme sehr wohl, dass es dich anturnt.

„Dreh dich um", bittest du mich, „und beug dich über die Motorhaube." Ich gehorche wieder und wiege noch einmal meine Hüften hin und her. „Mal sehen, wie eine Nahaufnahme wirkt", höre ich dich sagen. Und schon stehst du hinter mir und knipst mein Hinterteil in Großaufnahme. Es gefällt dir sichtlich und schon kommen weitere Anweisungen: „Halt mit den Händen dein Hinterteil auseinander." Ich überlege, ob ich das wirklich machen soll, aber die Situation ist so aufregend, und es sieht uns ja keiner. Also ziehe ich meine Pobacken auseinander und beuge mich vor so weit ich kann. Vermutlich siehst Du jetzt nicht nur meine Rosette, sondern auch meine Möse und die vorstehenden Schamlippen noch dazu. „Schieb den String zur Seite, er versperrt mir die Sicht auf das Beste." Es klickt wieder. Das Geräusch kommt von zwischen meinen Beinen, es wird alles von mir zu sehen sein. Und vermutlich wird man am Glanz auf der Haut sehen, dass ich feucht bin.

Nicht nur ich ahne das, sondern du hast es scharfsinnig ebenfalls sofort entdeckt. „Na, was sehe ich denn da. Macht dich das etwa an, dass ich dir zwischen die Beine schauen kann? Sieht so aus, als würde dein Saft schon aus dir rauslaufen vor Geilheit." Ohne ein weiteres Wort prüfst du deine Vermutung mit deinen Fingern. Nachdem du sie ausgiebig befeuchtet hast, hältst du mir zum Beweis deine Hand vor das Gesicht. Dann schnupperst du an deinen Fingern und leckst sie genüsslich ab. „Ich mag deinen Geschmack, gib mir mehr davon." Ich stelle die Beine noch etwas weiter auseinander. „Nein, ich will deinen Saft von deinen Fingern ablecken." Also reibe ich mit meiner Handfläche mehrmals über den Schambereich und stecke mir dann einen Finger nach dem anderen in die Möse, bis die ganze Hand gut feucht ist. Anschließend halte ich dir die Hand zum Ablutschen hin. Während du gründlich vorgehst und keine Stelle auslässt, merke ich, wie die Stimulation meiner Perle durch meine Hand noch in mir nachhallt. Gleichzeitig machen mich das Spielen deiner Zunge und Lippen an meinen Fingern und in der Handfläche an.

Dir scheint es genauso zu gehen, denn ich höre dich sagen: „Du machst mich ganz schön geil. Ich könnte dich direkt auf der Motorhaube nehmen." Dann tu es doch, denke ich. Und ich muss auch gar nichts sagen. Schon drehst du mich wieder zu dir um, öffnest deine Hose, schiebst die Pants etwas nach unten und holst dein bestes Stück heraus. Bei mir sind keine weiteren Ausziehtätigkeiten notwendig. Mein Rock kann einfach oben bleiben, wo er ist, und der auf die Seite geschobene String ist auch kein ernst zu nehmendes Hindernis. Dein Schwanz ist steinhart.

Ich lege mich mit dem Rücken auf die Motorhaube. Langsam schiebst du mir deinen Speer in meinen Torpedotunnel. Ich kann ein Stöhnen nicht unterdrücken. Den Moment des Eindringens liebe ich besonders. Weil du das weißt, ziehst du deinen Zauberstab nach jedem Stoß wieder heraus. Dabei liegt eine deiner Hände zwischen meinen Schamlippen. Die Handfläche drückt sie auseinander, und du bewegst sie vor und zurück, als würdest du ein Brot kneten. Meine Erregung wächst mit jeder Reibung und mit jedem deiner Stöße. Der besondere Reiz ist, dass ich dir auf der Motorhaube irgendwie ausgeliefert bin, meinen ganzen Intimbereich wie auf dem Präsentierteller. Mein Atem wird immer schneller, mein Stöhnen lauter. Du passt deinen Rhythmus an. Ich spüre schon, wie mein ganzer Unterleib kribbelt. Ein Zeichen, dass es nicht mehr lange dauert. Auch das entgeht dir nicht. Es folgen harte, schnelle Stöße. Dann zieht sich meine Fotze ruckartig zusammen, eine warme Woge überschwemmt mich, und ich komme mit einem langanhaltenden Schrei.

Nachdem ich wieder zu Atem gekommen bin, ziehst du deinen Schwanz aus mir heraus. „So kann ich nicht in das neue Auto einsteigen. Die Gefahr, dass ich alles bekleckere, ist zu groß." Frech lächelst du mich an. „Wärst du wohl so nett und würdest mir beim Saubermachen helfen?". Das lasse ich mir nicht zweimal sagen. Ich lasse meine Hände über deinen Liebesspeer gleiten, bis sie ganz nass sind. Dann lecke ich sie genießerisch ab. Nach einigen Wiederholungen sind sowohl dein Penis als auch deine Eier wieder ziemlich trocken. „Moment, da ist noch was", flüstere ich und nehme dann deinen Zauberstab tief in den Mund. Jetzt entfährt DIR ein Stöhnen. Wie sollte es auch anders sein, ich weiß genau, wie gut dir das gefällt. Und es ist nun an MIR, Reibung zu erzeugen und Stöße zu simulieren. Ich bewege den Kopf vor und zurück. Ich lasse dich wieder bis kurz vor den Würgereiz in meinen Mund. Zwischendurch sauge ich an der Eichel und bewege meine Zunge schnell über die Verbindung zum Schaft hin und her. Nach einer Weile übernimmst du den Rhythmus und ziehst meinen Kopf in steigendem Tempo zu dir hin. Manchmal erregt mich das Gefühl, benutzt zu werden. Jetzt ist so ein Moment. Mein Mund wird ganz nass, das Gleiten geht fast von selbst.

Ohne deine Stöße zu unterbrechen, fragst du mit abgehackten Worten, ob du in meinem Mund kommen darfst. „Entscheide dich schnell, sonst gibt es nichts mehr zu entscheiden", fügst du noch atemlos an. Ja, du darfst. Ich sage nichts, das ginge in der derzeitigen Lage auch nicht. Aber ich halte mich an deinen Pobacken fest, so dass du gar nicht anders kannst als weiterzumachen. Ein lautes Aufstöhnen, dann ist mein Mund gefüllt mit deinem Sperma. Deine Bewegungen werden langsamer. Deine Beine zittern. Ich lasse deinen Schwanz aus meinem Mund gleiten, richte mich auf und sehe dich fragend an. „Ja, teilen bitte!" Also küsse ich dich und wir teilen deinen Saft brüderlich unter uns auf.

Als wir wieder angezogen sind, betrachtest du unsere Fickunterlagen eindringlich. „Ich hätte nicht gedacht, dass wir die Einweihung mit der Motorhaube beginnen. Die Sitze wären vermutlich bequemer gewesen." Wir beschließen, diese Hypothese bei nächster Gelegenheit zu überprüfen, und setzen unsere Fahrt dann fort. Mit mir am

Steuer. Und irgendwie kommt es mir nach der unerwarteten und angenehmen Unterbrechung so vor, als würde der Motor noch besser schnurren, die Musik noch chilliger klingen und die Sonne noch ein bisschen wonniger scheinen. Woran das wohl liegt?

Himbeersahnetorte

Ich bin gut gelaunt. Du warst zwei Tage beruflich unterwegs und kommst heute zurück. Ich freue mich auf dich. Ich will dich mit einer Leckerei überraschen, die du besonders gerne magst: einer Himbeersahnetorte – ohne Boden versteht sich. Die Himbeeren sind saftig und lecker. Die Torte wird dir bestimmt schmecken.

War das die Haustür? Ich lausche einen Moment, höre aber weiter nichts. Wohl nur irgendein Geräusch von draußen. Aber dann höre ich doch deine Schritte, ganz leise, du willst dich anschleichen. Ich schließe die Augen und warte, bis du ganz nahe bist. Dann spüre ich, wie du meine Haare auf die Seite schiebst und mir einen sanften Kuss auf den Hals drückst. Ich bekomme Gänsehaut, wie eigentlich immer, wenn ich deinen Atem und deine Lippen spüre. Eine deiner Hände legt sich vor meine Augen. Kein Problem, ich hätte sie sowieso geschlossen gehalten, damit mich nichts vom Genießen ablenkt.

Dann fühle ich etwas Kaltes auf meiner Schulter, ungefähr so groß wie ein Handteller. Du sagst, dass ich den Mund öffnen soll. Das Kalte entfernt sich von meiner Schulter, und ich merke, wie du deinen freien Arm um mich herum legst. Dann etwas Hartes an meinen Lippen: ein Glas. Trink einen Schluck, forderst du mich auf. Ich lege die Lippen an das Glas und trinke. Sekt, gut gekühlt, trocken, leicht fruchtig, sehr lecker. Gib mir etwas davon ab, bittest du. Ich drehe mich zu dir um, um dich zu küssen. Einmal kurz mit geschlossenem Mund, dann öffne ich meine Lippen und muss schmunzeln. Der Breitmaulfrosch kommt mir in den Sinn. Ein Teil des perlenden Sekts fließt in deinen Mund. Einen weiteren Teil saugst du aus mir heraus. So nehmen wir den ersten Schluck gemeinsam. Ein aufregender Anfang.

Aber ich habe auch eine Überraschung für dich. Den leckeren Himbeeren wirst du nicht widerstehen können. Ich nehme eine zwischen die Lippen und beiße ganz sacht zu. Komm her und hol dir deinen Teil. Gleichzeitig beißen wir ab. Ein kleiner Strom Himbeersaft rinnt aus deinem Mundwinkel über deine Backe Richtung Hals. Ich bremse ihn mit meiner Zunge ab und lasse sie halsaufwärts nach oben gleiten bis zu deinem Mund. Dann küssen wir uns so lange, bis die Himbeerteile mehrere Male den Besitzer gewechselt haben. Die nächste Himbeere nimmst du zwischen die Zähne, lässt sie dann aber in deinem Mund verschwinden. Aha, ich soll sie suchen und mir meine Portion holen. Ich erkunde mit meiner Zungenspitze deinen Mund. Deine Zunge fühlt sich ganz weich an und bewegt sich kaum. Wenn ich an ihr spiele, wiederholt sie meine Bewegungen. Darüber vergesse ich eine Weile ganz die Himbeere, entdecke sie dann aber doch und schiebe sie zu deinen Zähnen. Wir teilen wieder brüderlich. Mit der nächsten Himbeere füttere ich dich. Ich lege sie auf meine Handfläche und lege dann meine ganze Hand auf deinen Mund. Wie ich erwartet habe, knabberst du zuerst an der Himbeere, dann leckst du meine Handinnenseite. Es kitzelt ein bisschen und ist aufregend.

Das Spiel mit den Himbeeren hat mich sehr erregt. Während wir uns weiter küssen, streichle ich deinen Rücken und lasse meine Finger an deinem Hosenbund entlang zu deinem Bauch gleiten. Dann nach oben, unter die Achseln und zu deinen Brustwarzen. Ich reibe hin und her darüber und höre, wie du stöhnst. Es ist ein schmaler Grat zwischen erregendem Reiz und unangenehmen Schmerz. Habe ich deine Vorliebe getroffen?

Ich ziehe dich aus. Zuerst knöpfe ich langsam das Hemd auf und streife es dir über die Arme herunter. Dann ziehe ich dein Shirt über deinen Kopf und stoppe. Das Shirt hängt noch an deinen Armen, die du nach oben hältst. Eine ganz sanfte Fessel. Du könntest sie leicht abstreifen. Aber wahrscheinlich bist du neugierig was folgt, und lässt dir die Einschränkung deiner Freiheit gern gefallen. Ich nehme einige Himbeeren auf die Handfläche und reibe damit über deine Brustwarzen. Überall liegen kleine Himbeerkrümel auf deiner Brust. Der Saft läuft langsam herunter. Eine Saftspur lecke ich auf. Die andere lasse ich laufen.

Ich öffne flink deinen Hosenbund und ziehe Jeans und Pants bis zu den Knien herunter. Der Saft hat deinen Bauchnabel erreicht. Ein Teil des Safts bleibt darin hängen. Meine Zunge kreist im Bauchnabelloch und holt den Saft wieder hervor. Der andere Teil des Safts findet seinen Weg weiter nach unten. Ich küsse dich in der Leistengegend und halte meine Zunge dorthin, wo der Saft gleich nach unten tropfen wird. Siehst Du meinen weit geöffneten Mund und die Zunge, die die Bewegungen andeutet, mit denen ich dich gleich verwöhnen werde? Sieh mir zu, wie ich deinen Zauberstab weit in den Mund nehme und die rote Spur des Himbeersafts ablecke. Ich blase deinen Schwanz eine Weile und genieße es, dass er immer härter wird. Noch ein paar Himbeeren, die ich an deine Eier presse und zwischen deinen Beinen verreibe. Dann lutsche ich an deinen Eiern und lasse meine Zunge bis an deinen Po gleiten. Ein ganz besonderer Nachtisch!

Jetzt hast du dich doch aus dem Shirt befreit. Du ziehst mir ebenfalls mein Oberteil über den Kopf. Meine Brüste recken sich dir entgegen. Bitte hol sie aus dem BH heraus. Nein, nicht den Verschluss öffnen. Drück nur die Körbchen kurz nach unten. Dann presst das wattierte Material meine Titten nach oben. Sie wirken größer und praller. Das gefällt mir.

Du hast die Sahneschüssel entdeckt, in der ich schon die Sahne für die Torte steif geschlagen habe. Einen Finger voll Sahne gibst du mir zum Probieren. Ich nehme den Finger ganz in den Mund und bewege meinen Kopf vor und zurück. Ob dich die Bewegung an etwas erinnert? Weitere Sahnefinger liebkosen meine Nippel, massieren meinen Bauch und tasten sich weiter vor. Mein Rock ist schnell hochgeschoben, der String ist kaum im Weg. Dann tauchst du deine ganze Hand in die Sahneschüssel und verreibst alles zwischen meinen Beinen, an meinen Schamlippen, meiner Perle und bis in mich hinein. Auch der String ist ganz sahneverschmiert. Jetzt lass mich probieren, wie mein Saft vermischt mit Sahne schmeckt. Ich lecke wieder an deinen Fingern. Sahnig süß und salzig zugleich!

Ich bin jetzt ganz nass, cremig nass, gut gleitend nass. Lass mich nun deinen Schwanz spüren. Aber du lässt mich noch warten. Stattdessen muss ich mit dem Sahnelöffel vorlieb nehmen. Das Metall ist kühl und hart. Ich zucke vor Aufregung zusammen. Der Löffel legt sich wie eine Glocke über meine Klitoris und umhüllt sie mit Kälte. Sehr aufregend. Dann klappst du den Löffel weg und steckst mit der gleichen Bewegung den Löffelstiel in meine Liebesspalte. Damit habe ich nicht gerechnet. Ein lautes Stöhnen entgleitet mir. Du bewegst den Löffelstiel hinaus und hinein, drehst ihn und reibst mit kreisenden Bewegungen an der empfindlichsten Stelle direkt am Scheideneingang entlang. Immer wieder küsst du mich und dämpfst meine Lustgeräusche mit deinem Mund ab.

Dann endlich signalisierst du mir, dass du mich jetzt nehmen willst. Ich setze mich auf die Küchenarbeitsplatte und lehne mich leicht zurück. Noch eine Handvoll Sahne auf deinen Speer und dann dringst du in mich ein. Ein atemberaubendes Gefühl, dieser Moment. Du ziehst dein Glied nach
24

ein paar Stößen wieder heraus. Ich beuge mich herunter und lecke an dir. Es schmeckt schon ein bisschen nach mir. Das muss aber noch mehr werden. Wieder und wieder lässt du mich den Moment des Eindringens spüren. Die Sahne und meine Nässe fließen aus mir heraus und tropfen auf den Boden. Ich drehe mich etwas auf die Seite und schließe die Beine. Jetzt bin ich ganz eng für dich. Du stöhnst laut, presst meine Beine zusammen und hältst mich an den Hüften fest, damit du noch tiefer eindringen kannst. Bitte küss mich zwischendurch, damit ich nicht so laut bin. Aber auch so sind jede Menge Geräusche zu hören. Schmatzende Geräusche, weil ich so nass bin.

Willst du auch meine dritte Öffnung noch mit Sahne füllen? Ich nehme die Beine weiter nach oben und biete dir mein Poloch an. Du nimmst noch einmal einen Sahnevorrat und schiebst mir zuerst einen, dann zwei Finger in den Po. Jetzt bin ich bereit, ich nehme deinen Schwanz auf und fühle dich ganz tief in mir. Zuerst bewegst du dich langsam. Mit jedem Stoß füllst du mich tiefer aus. Dazwischen pausiert du kurz und ziehst meinen durchtränkten String vor und zurück. Er reibt über meinen Kitzler und an deinen Hoden. Sehr stimulierend. Überhaupt gefällt mir der Gedanke, dass der String mich züchtig bedecken könnte, aber nichts nutzt und ungezügelte Lust nicht nur ermöglicht, sondern sogar verstärkt.

Nach einer Weile sind wir beide so geil, dass sich alles weitere wie von allein ergibt. Während du mich anal fickst, steckst du mir ab und zu noch einen Finger in meine Liebesspalte. Gleichzeitig massiere ich meine Perle. Deine Stöße werden fester. Du krallst dich in meinen Pobacken fest. Ich genieße es bis in die Haarspitzen, mich dir hinzugeben. Nicht als Unterwerfung, sondern als Geschenk. Das bereitet mir unglaubliche Lust. Wärme breitet sich in meinem Unterleib aus. Jetzt kannst du alles mit mir machen. Willst du in meinem Arsch kommen? Oder willst du deinen Schwanz kurz vor dem Erguss aus mir herausziehen und deine Sahne gut sichtbar auf mich spritzen? Du entscheidest dich für Letzteres und holst deinen Saft mit schnellen Handbewegungen aus dir heraus. Du kommst laut und heftig auf meinem Bauch und meiner Möse. Dein Saft tropft auf mich herunter. Ich verreibe deine Sahne mit der Himbeersahne reibe meinen Kitzler schnell und kräftig damit. Meine Beine beginnen zu zittern. Ich spüre, wie mein Orgasmus naht. Kurz darauf komme ich. Alles ist glühend heiß und zieht sich zusammen.

Dann durchströmt mich eine Woge der Wärme und der Orgasmus trägt mich mit sich fort. Ich merke nicht, wie laut ich schreie.

Langsam beruhigen wir uns. Wir verreiben noch einige Zeit unsere gemischten Körperflüssigkeiten und streicheln uns damit. Jetzt zusammen duschen. In lauwarmem Wasser waschen wir uns gegenseitig die Reste des außergewöhnlichen Nachtischs ab. Dann rubbeln wir uns gegenseitig trocken. Ich mag es, nackt mit dir zusammen zu sein. Der Sekt ist immer noch kalt. Wir legen uns aufs Bett und trinken ein Glas zusammen.

Die knisternde Erotik der letzten Stunde hat uns inspiriert. Wir spinnen zusammen Gedanken, wie wir uns beim nächsten Mal verwöhnen wollen. Heute ist vermutlich als erstes Küche putzen angesagt. Vielleicht nur in knappen Dessous. Ob sich dabei weitere Ideen ergeben, die wir gleich beim Putzen umsetzen können?

Wellness – ein kleiner Urlaub

Endlich ein Tag, an dem wir beide nicht zur Arbeit müssen! Die Kinder sind zuerst in Schule und Kindergarten, später bei Oma, werden also vermutlich einen Verwöhntag genießen. Und den wollen wir uns auch gönnen. Zuerst in der Sauna, später vielleicht irgendwo ein Glas Sekt trinken und eine Kleinigkeit essen. So ein Tag ist wie ein kleiner Urlaub.

Die Taschen sind schnell gepackt. Wir sind früh dran, die Sauna öffnet gerade erst. Die Dame an der Kasse verkündet, dass wir sogar die ersten sind. Wir ziehen uns in der Umkleide aus und schlüpfen in die kuscheligen Bademäntel. Zuerst einmal in die Blockhaussauna, solange noch kein so großer Ansturm ist. Du hängst deinen Bademantel an den Haken. Dabei fällt mir der sanfte Duft deines Parfüms in die Nase. Es ist mein Lieblingsduft: Hermès Eau d'Orange Verte. Er soll nach Orange, Mandarinorange, Zitrone, schwarze Johannisbeere, Minze, Patchouli und Eichenmoos riechen. Ich weiß nur, dass er mich an Orange und Mandarine erinnert. Der Rest ist eine angenehme Komposition zur Ergänzung. Ich gehe einen Schritt auf dich zu, um an deinem Hals zu schnuppern. Sehr lecker, an deinem Hals ist der Duft intensiver. Ich lasse meine Hand über deinen Rücken gleiten und sauge immer wieder den Geruch ein. Viel Orange Verte gemischt mit etwas von meinem Lieblingsraubtier. Ich halte dich an der Hüfte fest und drücke einen deiner Arme nach oben. Unter der Achsel dreht sich das Verhältnis um, viel Raubtier begleitet von etwas Orange Verte. Ich mag deinen Geruch. Ups, jetzt musste ich doch mit der Zunge einmal unter deinem Arm entlang schlecken. Du zuckst zusammen und lächelst mich dann an.

Wir öffnen die Glastür zur Blockhaussauna und sind überrascht. Es ist warm, sehr angenehm warm, aber nicht so heiß, wie es in einer finnischen Sauna sein sollte. Der Ofen ist an und funktioniert. Wahrscheinlich wurde er nur zu spät eingeschaltet. In spätestens einer halben Stunde wird er seine Temperatur erreicht haben. Aber bis dahin ist mit Schweiß nicht zu rechnen. Wir überlegen, was wir tun sollen. Doch zuerst in den Ruheraum, oder ausprobieren, ob die Panoramasauna betriebsbereit ist? Während wir noch abwägen, sehe ich deine Silhouette im dämmrigen Licht der Sauna sich gegen den hellen Badeteich draußen abheben. Dein Gesicht mit den vertrauten Zügen, das in den Oberkörper übergeht. Weiter unten kann ich die Konturen nur mehr erahnen.

Ich habe auf einmal große Lust, dich zu berühren. Ich streiche über deinen Rücken. Du siehst mich an. Ich glaube, wir haben beide dieselbe Idee. Ich berühre dein Gesicht, deinen Hals, deine Brust, zeichne jede Kontur nach. Deine Hände gleiten meinen Rücken hinunter und streicheln meine Pobacken. Dann küssen wir uns. Zuerst nur ganz sanft auf die Lippen und Wangen. Dann nimmst du meine Oberlippe zwischen die Zähne und saugst daran. Das erregt mich. Ich öffne meinen Mund und warte, bis ich deine Zunge an meinen Zähnen spüre. Sanft gleitet deine Zunge tiefer in mich hinein und spielt mit mir. Mein Mund wird ganz nass. Und das ist nicht die einzige Stelle, an der die Nässe zunimmt. Ich spüre, wie ich langsam feucht werde.

Unsere Zungen umkreisen sich eine Weile, dann lecke ich an deinem Hals und sauge daran. Meine Zunge tastet sich bis zu deinem Ohr und gleitet hinein. Wie erwartet zuckst du zusammen, ich fühle deine Gänsehaut. Ich lecke sanft an deinem Ohr und spiele damit, sauge am Ohrläppchen, gleite an jeder Rille deiner Ohrmuschel entlang, erkunde die Rückseite deines Ohrs. Gleichzeitig nehme ich wahr, wie du meinen Hals und mein Ohr auf der anderen Seite verwöhnst. Es ist so erregend!

Wir sollten jetzt aufhören, jeden Moment können andere Saunagäste kommen. Aber anstatt dich zu bitten, dass wir später weitermachen, höre ich mich sagen, dass ich deine Hände an meinen Brüsten spüren will. Ich schließe für einen Moment die Augen. Was ist das? Ich bin von oben bis unten nass. Ich mache die Augen wieder auf. Du hast den Saunaeimer und die Schöpfkelle entdeckt und einen Schöpfer voll Wasser über mich geschüttet. Die kühle Flüssigkeit tut gut. Ich tue ärgerlich und schimpfe. Und nutze die Gelegenheit, mich zu revanchieren. Dann verreiben wir das Wasser auf unserer Haut. Auch meine Nippel kommen nicht zu kurz. Du reibst ganz schnell darüber, bis die Brustwarzen steif werden und sich dir entgegen- recken. Dann ziehst du daran, bis ich leise auf- stöhne.

Ich sehe mich um. Auf der Sitzbank hat doch tat- sächlich jemand eine Bürste liegen lassen. Sie ist ziemlich borstig, aber ich reiche sie dir trotzdem für eine Fortsetzung meiner Brustmassage. Die Bürste fühlt sich so rau an, dass es fast wehtut, aber nur fast. Je geiler ich bin, desto länger dauert es, bis etwas wirklich schmerzhaft wird. Du weißt das genau und platzierst die Bürste ohne Vorwarnung zwischen meinen Beinen. Du erreichst nur die Oberschenkel, weil meine Beine fast geschlossen waren. Ich zucke zusammen. Aber dann stelle ich ein Bein auf die Saunabank und spreize die Beine, damit du alles siehst und überlegen kannst, wie die Massage weitergehen soll. Du setzt dich vor mich auf die Bank und bewegst die Bürste sanft hin und her. Die Reibung macht mich fast wahnsinnig. Aber du lässt nicht locker. Wenn es zu schlimm wird, setzt du einen Moment aus und prüfst mit deinen Fingern, wie nass ich schon bin. Habe ich mich ein bisschen erholt, setzt erneut die Bürste ein.

Ich sehe dich an. Es erregt dich, mich zu massieren und dabei bis an die Grenze zu gehen. Es ist nicht zu übersehen, dein Schwanz steht hart nach vorne. Ich knie mich vor dich auf alle viere und nehme das gute Stück in den Mund. Jetzt werden wir sehen, was die Massage mit dir macht. Während ich meinen Kopf langsam vor und zurück bewege, greife ich mir die Bürste und streiche über deine Hoden. Mal sehen, ob ich dich auch zum Stöhnen bringe. Wie zu erwarten macht dich die Kombination aus sanftem Blasen und harter Reibung an den Eiern heiß. Ich nehme deine Eier in den Mund und sauge daran. Und die Bürste verwöhnt deinen Schwanz. Nicht nur am Schaft, sondern auch an der empfindlichen Eichel, am Rand der Eichel, an der Unterseite und am Häutchen, das die Eichel mit dem Schaft verbindet. Du wirst immer lauter. Soll ich aufhören? Nein, Du bittest mich sogar weiterzumachen. Auch dich fasziniert die schmale Grenze zwischen Erregung und Schmerz.

Jetzt bin ich so nass, dass mein Saft aus mir heraus- und mir die Beine hinabläuft. Ich brauche jetzt einen Fick. Ich setze mich auf deinen Schoß. Wie von alleine gleitet dein Schwanz in mich. Ich reite dich, während du meine Brüste und meinen Rücken streichelst. Nach einer Weile knie ich mich auf die untere Saunabank und stütze mich auf der oberen Sitzreihe ab. Ich muss dich nicht lange bitten, mich Doggy Style zu nehmen. Du gleitest ganz leicht in mich hinein und ziehst meine Hüften bei jedem Stoß zu dir hin. Ich spüre dich ganz tief. Dann ziehst du deinen Schwanz heraus und lässt ihn über meinen Kitzler reiben. Die Perle ist ganz groß geworden. So machen wir eine Weile abwechselnd weiter, Reibung innen und außen. Ich zittere vor Erregung.

Was ist das? Du schiebst deinen Schwanz wieder in mich, aber nicht in meine Möse, sondern in meinen Arsch. Ich habe nicht damit gerechnet. Du wohl schon, es scheint kein Versehen zu sein. Ich bin noch ganz eng, muss mich erst entspannen. Du greifst mit deinen Armen und mich herum und massierst meine Klitoris. Fast augenblicklich kann ich locker lassen. Mach du weiter, höre ich dich sagen. Ich ziehe mit meinen Fingern meine Schamlippen auseinander und stimuliere die Perle weiter. Jetzt im Takt mit deinen Stößen in mein Poloch. Es ist geil. Du füllst mich aus. Bald wird auch dein Saft mich füllen. Alles in meinem Unterleib bebt. Alles ist heiß und nass. Es wird nicht mehr lange dauern. Aber dieses Mal will ich warten. Ich umkreise die Perle langsamer, mache kleine Pausen. Dann werden deine Stöße schneller, du bist gleich so weit. Ich beschleunige die Massage meines Kitzlers wieder. Jetzt passiert ist. Alles um uns herum verschwimmt. Wir kommen gleichzeitig, bäumen uns auf und explodieren. Du krallst dich in meinen Hüften fest und klammerst dich an mich. Ich lehne mich nach hinten. Jetzt sind wir eins. Die Wärme breitet sich in Wellen in meinem gesamten Körper aus.

Wir sind geflogen, langsam setzen wir zur Landung an. Du ziehst deinen Schwanz aus mir heraus, und wir richten uns auf. Wir sind schweißgebadet. Große Lust kann auch mit großer Anstrengung einhergehen. Erst jetzt merken wir, dass der Saunaofen wohl seine Betriebstemperatur erreicht hat und eine Affenhitze herrscht. Wir reißen die Tür auf. Von weitem nähert sich ein Bademeister, Glück gehabt, dass er erst jetzt kommt! Ob er sieht, dass da nicht nur Schweiß auf unserer Haut glänzt? Wir gehen zügig zur Dusche. Das Wasser ist eiskalt, trotzdem schaffe ich eine kurze Duschrunde. Liebevoll wäschst du mich zwischen den Beinen sauber. Und ich stelle sicher, dass dein Glied keine Reste meiner Säfte mehr auf sich hat. Der Bademeister ist im Saunavorraum verschwunden. Während du noch eine Runde im Badeteich drehst, setze ich mich auf eine Bank. Fast alles wieder normal. Aber die Beine lasse ich gespreizt, damit kühle Luft drankommt. Und wer weiß, vielleicht schaust du beim Schwimmen ja gerne noch einmal hin.

Später im Ruheraum müssen wir übereinstimmend zugeben, dass dieser Saunagang auch ohne Aufguss unvergleichlich war. Er hatte dafür ja auch einen Erguss als Ersatz. Wir ziehen unsere Bade-

35

mäntel über. Jetzt wäre ein Glas trockener gut gekühlter Sekt an der Saunabar perfekt. Als ich mein Saunaarmband in die Bademanteltasche stecken will, stutze ich. Da befindet sich schon etwas in der Tasche. Ich taste danach. Es ist ein Slip. Und noch etwas. Ein Analplug. Du grinst mich wissend an. Willst du zur Toilette vor dem Sekt, fragst du mich? Wow, was für ein aufregender Gedanke. Ich ziehe mich kurz in die Sanitärräume zurück und führe den Plug ein. Der Slip besteht aus relativ viel enganliegendem gummiartigem Stoff. Er wird zuverlässig verhindern, dass sich der Plug selbstständig macht, wenn ich mich unachtsam bewege. Mit dem Bademantel darüber ist nichts zu erkennen. Ich mache mich auf den Weg zur Sektbar. Bei jedem Schritt spüre ich, dass etwas in meinem Po steckt. Allein die Vorstellung, dass wir beide das wissen und sonst niemand, ist aufregend. Ich setze mich auf den Barhocker neben dir, der Sekt steht schon vor uns. Na wie fühlst du dich, fragst du scheinheilig. Ich hatte einen ausgefüllten Tag bisher, gebe ich zurück. Wir trinken einen Schluck und küssen uns kurz. Du siehst mich mit gespielter Besorgnis an. Du sitzt nicht gerade, sagst du zu mir. Und schon schieben deine Hände meinen Schoss auf dem Barhocker hin und her. Natürlich geht es dir nicht um meine

Sitzhaltung. Du wolltest nur den Plug bewegen und wenn möglich tiefer in meinen Po schieben. Die Bewegung fühlt sich gut an. Ich genieße das erregende Gefühl und das Geheimnis zwischen uns. Nach einem weiteren Schluck Sekt schickst du mich in den Ruheraum, etwas aus deiner Tasche holen. Natürlich auch nur ein Vorwand. Ich soll laufen und den Plug spüren. Mit wiegendem Schritt gehe ich zum Ruheraum und komme kurz danach zurück.

Der Sekt ist ausgetrunken, ich bin immer noch verstöpselt. Wir könnten noch eine Runde schwimmen gehen, schlägst du vor. Das ist eine gute Idee. Ich will zur Toilette, den Plug entfernen. Aber du hältst mich zurück. Ich soll nur den Slip gegen den Bikini tauschen. Ich werde immer aufgeregter. Mit Bikini und Analplug lasse ich mich ins Wasser gleiten. Es ist wenig los im Becken. Die Wassergymnastik ist schon länger vorbei, und das Kinderschwimmen wird erst am Nachmittag beginnen. Wir schwimmen ein paar Minuten nebeneinander her und bleiben dann in einer ruhigen Ecke stehen. Du fasst meinen Po an, schiebst eine Hand unter das Bikinihöschen und greifst nach dem Plug. Du wackelst ihn hin und her. Das fühlt sich ungeheuer gut an. Dann ziehst du ihn abrupt heraus. Fast hätte ich geschrien. Jetzt gleitet der Plug wieder in meinen Po hinein. Und wieder heraus. Mein Atem geht immer schneller. Als ich mich fast an die ständige Penetration gewöhnt habe, steckst du mir den Plug plötzlich in die Möse. Ich muss mich sehr beherrschen, nicht laut zu werden. Du ziehst den Plug halb heraus, dann unvorhersehbar wieder hinein. So geht das eine Weile. Ich nehme kaum noch etwas um mich herum wahr. Ich bin schon wieder so geil, dass es mir irgendwie egal ist, ob uns jemand sieht. Als ich mich auch an die vaginale Stimulation gewöhnt habe, geht es abwechselnd in das vordere und das hintere Loch. Mal nur der Plug, mal noch ein Finger dabei, dann zwei Finger dazu. Dann siehst du mich an. Du bist gleich soweit, oder, fragst du mich. Ja, bin ich. Du müsstest meinen Kitzler höchstens 10 Sekunden anfassen, dann würde ich im Schwimmbecken kommen. Und das machst du dann auch. Dein Finger gleitet über die Perle, einmal, dann Pause, das zweite Mal, gefolgt von einer kurzen Pause. Bei der dritten Berührung komme ich, schließe ich Augen, halte mich an dir fest und genieße den Orgasmus ganz still. Er ist trotzdem umwerfend.

Als ich zur Ruhe gekommen bin, sehe ich dich fragend an. Soll ich mich jetzt auch hier unter Wasser mit dir beschäftigen? Ich reibe über deine Badehose. Meine Erregung ist nicht spurlos an dir vorübergegangen. Du genießt meine Berührung eine Weile. Aber dann beschließen wir doch, uns auf später zu vertagen. Zu Hause, im Trockenen werden wir auch für dich ein nettes Spielzeug aussuchen. Und ich werde dich damit wahnsinnig machen. Der kleine Urlaub ist noch nicht zu Ende. Versprochen.

Eine feuchte Angelegenheit

Es ist Winter geworden. Draußen ist es nasskalt, der Wind tut im Gesicht weh. Eigentlich möchte man am liebsten zu Hause bleiben. Trotzdem waren wir natürlich arbeiten. Die Kinder sind bei Spielfreunden, ich konnte etwas früher Feierabend machen. Zu meiner Überraschung und Freude bist du schon zu Hause. Ich bin noch gestresst, aber ein sanfter Begrüßungskuss von dir lässt die gesamte Anspannung abfallen. Du hilfst mir aus der Jacke, das ist ja sehr aufmerksam. Dann fragst du mich, ob ich auch so ausgekühlt sei wie du. Ich musste zwar nicht auf Bahnsteigen auf verspätete S-Bahnen warten, aber da ich insgesamt verfrorener bin als du, hat mir der kurze Weg zum Auto schon gereicht. Ich habe eiskalte Hände und Füße. Mit einem verschwörerischen Blick nimmst du mich an der Hand und ziehst mich ins Obergeschoss, Richtung Bad. Unterwegs kommt mir ein intensiver Geruch entgegen. Was ist das? Es duftet köstlich nach Orange und Tannenwald. Die Tür zum Bad ist geschlossen, das ist ungewöhnlich. Aber bevor ich weiter darüber nachdenken kann, wird es schwarz vor meinen Augen. Oh, du hast mir eine Augenbinde übergezogen. Ob du eine Überraschung für mich vorbereitet hast? Vorfreude macht sich in meinem Bauch breit. Ja, antwortest du, aber du musst noch ein bisschen Geduld haben. Mit so viel Stoff am Körper darfst du meine Überraschung nicht sehen.

Langsam fängst du an, mich auszuziehen. Zuerst suchst du den unteren Rand meines Pullovers, um ihn zu greifen und ihn mir über den Kopf zu ziehen. Dabei gleiten Deine Hände wie zufällig meinen Bauch entlang und über meine Brüste. Das fühlt sich sehr gut an. Leider habe ich einen dieser Push-Up-BHs an, die so viel Wattierung haben, dass meine Brustwarzen wenig von Deiner Streicheleinheit mitbekommen. Trotzdem bekomme ich eine Gänsehaut, vielleicht von Deiner unerwarteten Berührung, vielleicht auch, weil ich noch halb im zugigen Treppenhaus stehe. Als nächstes sind meine Stiefel und die Socken dran. Du ziehst den Reißverschluss auf und streifst mir beides mit einer Bewegung über die Füße. Dann forderst du mich auf, mich am Türrahmen festzuhalten, nimmst meinen linken Fuß in beide Hände und küsst langsam einen Zeh nach dem anderen. Gleich wird dir wärmer, höre ich dich sagen, während du dir zuerst einen und dann immer mehr Zehen in den Mund steckst. Es fühlt sich warm und weich an, wie deine Zunge daran spielt. Und tatsächlich durchströmt meine Füße schon eine wohlige Wärme. Nachdem du auch meinen anderen Fuß in dir aufgewärmt hast, gleiten deine Hände meine Beine entlang nach oben bis zum Hosenbund. Der Gürtel und der Hosenknopf bereiten dir keine Schwierigkeiten, und schon stehe ich in Unterwäsche da. Es ist aufregend, weil ich nicht weiß, was als nächstes kommt. Ich höre, dass du dich auch ausziehst.

So, jetzt kommen wir meiner Überraschung einen Schritt näher, sagst du und öffnest endlich die Badezimmertür. Angenehme Wärme gepaart mit diesem leckeren Duft strömt mir entgegen. Du gibst mir einen Klaps auf den Po und führst mich dann ins Bad. Ich höre leise Musik. Romantik pur. Es verspricht ein schöner Nachmittag zu werden! Du ziehst mich bis zur Badewanne. Erst jetzt merke ich, dass du das Wasser bereits hast einlaufen lassen. Ich will meinen BH öffnen und den String ausziehen, aber du hältst meine Hände fest und bedeutest mir, so ins Wasser zu steigen. Die Temperatur ist perfekt, allerdings ist die Wanne noch ziemlich leer, das Wasser reicht mir nur bis zu den Knöcheln. Nachdem du mir gefolgt bist, stehen wir uns in der Badewanne gegenüber und küssen uns.

Du streichelst meinen Hals. Dann hebst du meine Arme hoch und leckst mit Deiner Zunge unter den Achseln entlang. Ich kann ein Stöhnen nicht unterdrücken. Das ist die perfekte Mischung aus sanfter Berührung, Kitzeln und Erregung. Endlich holst du meine Brüste aus dem wattierten BH heraus und reibst mit der Handfläche über die Nippel, bis sie ganz steif sind. Der BH drückt von unten gegen meine Brüste und hebt sie an. Das erregt mich zusätzlich. Ich will sehen, wie steif deine Brustwarzen werden, küsse suchend deine Brust und sauge dann daran. Kleiner, aber trotzdem ist die Reaktion klar zu spüren.

Deine Hände streicheln jetzt auch meinen Rücken und meinen Bauch. Bei jeder Bewegung tasten sie sich weiter nach unten vor. Als sie meinen String erreicht haben, spüre ich auf einmal wieder deine Zunge, genau in der Leistenbeuge lecken sie den Oberschenkel entlang bis zum Schritt. Noch so eine Stelle, die sofortige Erregung auslöst. Ich spüre, dass ich langsam feucht werde. Ohne Vorwarnung schiebst du den String zur Seite und lässt zwei deiner Finger tief in mich gleiten. Kein Zweifel, ich bin feucht und genieße dieses probeweise Aufspießen. Als du deine Finger wieder herausgezogen hast, lecken wir sie gemeinsam ab und lassen unsere Zungen dann langsam und genüsslich umeinander kreisen.

Ein bisschen wenig Wasser, höre ich dich sagen. Und schon hast du die Handbrause angestellt. Ich will wieder an den BH-Verschluss greifen, um mich endlich fertig auszuziehen, aber du lässt es abermals nicht zu. Stattdessen läuft auf einmal das Wasser der Brause meinen Rücken hinunter. Ich spüre, wie BH-Rückenteil und das Stringband im Po nass werden. Duschen in Unterwäsche, das habe ich noch nie gemacht, aber es gefällt mir auf Anhieb. Du nimmst etwas Duschgel und wäschst mir den Rücken bis hinunter zum Po. Die Pospalte bekommt deine besondere Aufmerksamkeit. Ich muss kurz schreien, als du mir ohne Vorwarnung einen eingeseiften Finger in meinen Arsch steckst. Schon bald sind es zwei Finger, die mich bearbeiten. Dann geht es auf einmal schnell, du drehst mich mit dem Rücken zu dir, drückst mich nach vorne, so dass ich mich an der Wand abstützen kann, verteilst etwas Seifenwasser auf deinem Penis, schiebst den String wieder zur Seite und nimmst mich anal. Alles gleitet perfekt und es macht mich unglaublich geil. Meine Brüste wippen bei jedem Stoß vor und zurück und prallen auf die zusammengedrückten BH-Körbchen unter ihnen.

Ich spanne die Pomuskeln und den Beckenboden an, damit dich die Enge noch mehr erregt. Ich spüre deine Eier an meinem Po. Dann ziehst du plötzlich deinen Schwanz heraus und kommst auf meinem Po. Dein Saft läuft über mein Hinterteil und den zusammengefassten String bis zu den Beinen hinunter. Als wolltest du mich eincremen, verteilst du das Sperma überall auf meinem Po und steckst deine glitschigen Finger wieder in mein Poloch, um die Flüssigkeit auch dort hinzubringen. Nein, das sind jetzt gar nicht mehr deine Finger, es ist etwas Härteres, ein Vibrator. Du führst ihn erst in meinen Arsch ein und bewegst ihn vor und zurück. Dann schaltest du ihn ein. Es vibriert tief in mir und erzeugt unglaubliche Lustgefühle. Auf einmal ist Stille. Der Vibrator ist aus und auf die Seite gelegt. Jetzt probieren wir mal was anderes, höre ich dich sagen. Da ich immer noch die Augenbinde trage und offensichtlich alles Teil deiner Überraschung ist, warte ich geduldig, was kommt.

Du hast die Dusche wieder angestellt, und warmes Wasser spült jetzt alle Säfte von meiner Rückseite ab. Dann drehe ich mich um. Die bis jetzt noch trocken gebliebenen Stellen am BH und am String werden nass. Der Duschstrahl kreist erst um meine Brüste. Dann steckst du deine eine Hand in mein Höschen und ziehst den Rand vom Bauch weg. Mit der anderen Hand führst du den Brausekopf zwischen Bauch und Stringvorderteil in Richtung meiner Scheide. Während deine Finger meine Schamlippen auseinander ziehen, trifft der Strahl genau auf den Kitzler. Das Wasser massiert ihn, und ich meine fast, dass meine Perle größer wird, um die Stimulation noch intensiver zu genießen. Dann zielt der Wasserstrahl auf meine Möse. Du spreizt mich mit Deinen Fingern weit auf, das Wasser dringt tief ein. Ich stöhne, das Gefühl ist unglaublich. Der Druck des Wassers ist erregend. Gleichzeitig fühlt es sich an, als würde viel Flüssigkeit aus mir herauslaufen, als würde ich auslaufen. Vielleicht ist es das Plätschern des Wassers, vielleicht ist es auch die Tatsache, dass ich nach meiner Rückkehr noch gar nicht zur Toilette war. Auf jeden Fall habe ich jetzt das dringende Bedürfnis, die Badewanne zu verlassen und mich kurz auf die nicht weit entfernte Toilette zu setzen. Als ich dich um eine kurze Unterbrechung bitte, ziehst du mir die Augenbinde ab und lächelst mich siegessicher an. Ich dachte schon, du würdest nie fragen, höre ich dich sagen. Aber nein, auf die Toilette gehen darf ich nicht. Das dauert zu lang, und dir wird kalt, wendest du ein. Ich mache sonst noch in die

Hose, erwidere ich. Dein Gesichtsausdruck ist eindeutig, genau das war dein Plan. Ich soll hier in die Wanne pinkeln, in meinen durchnässten String. Ich weiß nicht, ob ich das will, aber du lässt mir keine Wahl. Schon fängst du an, meine Scheide zu massieren. Deine Finger drücken und pressen, gleiten in mich hinein, suchen eine Stelle, an der sie am besten die Blase reizen können. Komm, lass locker, sagst du. Kurze Zeit später kann ich den Urin nicht mehr halten und lasse ihn laufen, über deine Finger, deine Hand, den String, die Beine hinunter. Es ist mir auf einmal egal. Du bist begeistert und probierst sogar einen Tropfen, den du von einem Finger schleckst. Als ich ganz leer bin, geht es mir besser. Dann gibst du mir zu verstehen, dass du es auch einmal versuchen willst. Ich stelle mich vor dich und komme dir mit dem Bauch ganz nahe, als du den Strahl losschickst. Es fühlt sich warm an und gefällt mir. Ich will auch probieren und halte einen Finger in den Strahl. Der Geschmack ist ungewohnt, aber gar nicht unangenehm. Als du fertig bist, küssen wir uns, während alle möglichen Flüssigkeiten noch an uns herunterlaufen.

Jetzt hast du dir aber eine Belohnung verdient, sagst du. Du hilfst mir aus der durchnässten Unterwäsche und seifst mich zum zweiten Mal heute ein. Aber dieses Mal nicht nur am Rücken, sondern auch auf der Vorderseite. Das Wasser lässt du komplett ablaufen und füllst die Badewanne mit frischem Wasser und einem Schaumberg. Wir setzen uns zusammen in die Wanne, zuerst brav gegenüber. Aber weil das so weit weg von Dir ist, wechsle ich auf Deine Seite und setze mich mit dem Gesicht zu Dir auf Deinen Schoß. Nanu, dein Liebesspeer fühlt sich noch hart an. Ich hebe das Becken noch einmal an, und setze mich wieder, aber jetzt so, dass du in mich eindringst. Wir spielen eine Art Hoppe-Reiter, bei der ich mich auf und nieder bewege, aber auch nach hinten lehne und wieder vorkomme. Dann bleibe ich so weit nach hinten gelehnt auf deinem Schwanz sitzen, dass du mühelos mit Deinen Fingern meine Perle erreichst. Du streichelst sie erst sanft, reibst dann fester. Du kennst mich sehr gut und weißt genau, wie du mich zum Höhepunkt bringst. Ich bin schnell soweit. Das bekannte Wärmegefühl durchströmt mich, meine Möse kontrahiert, gebremst von Deinem Penis und entspannt sich dann. Ein großartiger Orgasmus nach einem aufregenden Vorspiel! Wir sind beide erschöpft, aber sehr zufrieden mit diesem überaus feuchten Nachmittag.

Bück dich

Du warst lange weg. Die Abstinenz war fast unerträglich. Ich weiß, dass du heute zurückkommst und freue mich irrsinnig auf dich. Den ganzen Morgen überlege ich schon, was ich anziehen könnte. Ein Sommerkleidchen, einen kurzen Rock, enge Leggins, ein ärmelloses Top, Hot Pants, ein knappes Shirt. Ich weiß nicht mehr, wie viele Outfits ich schon anprobiert habe. Schließlich entscheide ich mich für Hot Pants und ein leicht transparentes Top, das die Unterwäsche durchscheinen lässt.

Das wirft die nächste Frage nach den passenden Dessous auf. Weiß, Pastelltöne oder knallig in rot oder pink? Einen gewöhnlichen Bügel-BH, einen Super-Push der locker zwei Körbchengrößen mehr zaubert, oder eine Hebe, die die Nippel zeigt und alles nach oben drückt? Ein Spitzen-Panty, einen String oder vielleicht einen Slip ouvert? Die Probiererei geht weiter. Auch nachdem ich praktisch meine gesamte Wäscheschublade durch habe, kann ich mich nicht recht entscheiden.

Da fällt mir dein Weihnachtsgeschenk ein, ein Wäscheset aus Latex-Imitat, schwarz wie die Nacht. Für die Brüste eine Art Hebe, aber nicht zu knapp geschnitten, sondern so viel Stoff, dass die Brustwarzen gerade noch so herausschauen. Das Höschen wie ein breiter Gürtel geschnitten, der auf den Hüften sitzt, im Schritt zwei Bänder, die nur einmal auf Dammhöhe miteinander verbunden sind, also ouvert sowohl vorne als auch hinten. Und das Beste: vorne und hinten sind Strumpfhalter angebracht, sodass ich Strapsstrümpfe direkt an diesem Slip befestigen kann. Das ist die perfekte Wahl! Ich ziehe das Set an und streife mir schwarze Strümpfe mit breitem Spitzenband am Abschluss über die Beine. Dazu hochhackige Pumps. Ich betrachte mich vor dem Spiegel. Ja, das wird dir gefallen! Allein die Vorfreude lässt mich erschauern. Meine nach oben gereckten Brüste, die tiefsitzende Slip-Strapsgürtel-Kombi, die alles oberhalb dem Absatz der Schamhaare frei lässt, und meine Vorstellung, was du alles mit mir anstellen wirst, lassen mein Herz schneller schlagen.

Apropos Schamhaare. Die habe ich natürlich vollständig rasiert, wie immer. Aber sicherheitshalber kontrolliere ich noch einmal mit der Hand, ob sich der Venushügel auch wirklich glatt anfühlt. Ja, aber in Ordnung. Die Berührung meiner Hand gefällt mir, ich gleite noch ein paarmal gedankenverloren mit meiner Hand darüber, jedes Mal ein bisschen weiter in Richtung meiner Auster. Ich könnte mich ja schon ein bisschen in Stimmung bringen. Dann können wir gleich loslegen, wenn du später kommst.

Immer noch vor dem Spiegel stehend beginne ich, meine Finger zwischen meine Beine gleiten zu lassen. Dabei schiebe ich zuerst nur die Bänder des Höschens hin und her. Aber nach und nach will ich mehr. Ich streichle meine äußeren Schamlippen, dann auch die inneren. Nur einmal kurz über die Perle gleiten. Fast muss ich stöhnen. Ich hätte irrsinnige Lust auf einen Fick. Wo bleibst du nur?

Auf einmal klingelt das Telefon. Du bist es! Aber meine Freude schwindet schnell. Es wird später werden, du stehst im Stau. Ich kann die Enttäuschung in meiner Stimme wohl nicht ganz unterdrücken. Du fragst sofort, was los sei. Erst will ich abwiegeln, aber dann gebe ich doch zu, dass ich hier schon in Reizwäsche stehe und es nicht erwarten kann, dass wir zur Sache kommen. Du lachst leise. Dann sagst du vergnügt: „Tu Dir keinen Zwang an! Mach wozu du Lust hast, aber bleib am Telefon und beschreib mir genau, was du tust. Und wenn ich dir Anweisungen gebe, musst du sie genau umsetzen."

Du fragst, womit ich anfangen will. Ich schlage vor, dass ich meine Perle mit meinen Händen massieren könnte. Aber Du bremst mich. „Nicht so schnell, mein Schatz! Wenn ich jetzt zu Hause wäre, würden wir auch mit mir anfangen. Denn meine Lust wäre sicher unhaltbar groß, wenn ich dich so erotisch hinter der Tür gesehen hätte." Dann befiehlst du mir, unsere Vibratoren zu holen. Wir haben mehrere, von klein bis groß, glatt, penisförmig oder mit Noppen oder anderen Erhebungen, klassisch geformte und auch solche, die gleichzeitig Klitoris, Scheide und Anus stimulieren. Sie liegen inzwischen alle in Reih und Glied vor mir und ich beschreibe dir, was ich alles geholt habe. Dann kommt die nächste Anweisung: „Nimm den größten und schieb ihn dir mit einem Ruck in die Möse. So würde ich dich jetzt nämlich auch nehmen, schnell und direkt, ohne Vorspiel. Das Höschen bleibt an, es ist ja ouvert." Ich folge deinem Befehl und stoße mir den großen Vibrator, der einem natürlichen Penis – allerdings einem Prachtexemplar davon – nachgeformt ist, tief in mich. Es tut ein bisschen weh, deshalb stöhne ich unbeabsichtigt auf. „Beschreib mir, was du tust. Vergiss nicht, ich sehe dich ja nicht." Ich sage, dass der Vibrator jetzt in mir steckt, bis zum Anschlag. „Wo genau?", fragst du nach. „In meiner Scheide", antworte ich und höre Dich am anderen Ende des Telefons lachen. „Scheide!", du kannst gar nicht aufhören zu lachen. „Du fickst Dich mit dem größten Vibrator, den wir haben, in die Scheide?! Nein, so geht das nicht. Benutz gefällig ein Wort, dass dem Anlass angemessen ist!", herrschst du mich an. „Ich habe den Vibrator in meine Möse gesteckt", versuche ich einen zweiten Anlauf. „Besser, aber noch nicht gut. Für das, was ich heute mit dir vorhabe, brauchst du das F-Wort. Los, sag es!", kommt es zurück. Es fällt mir schwer, aber ich will dich nicht enttäuschen, also erkläre ich mit Mühe: „Der Vibrator steckt in meiner Fotze." „Na, also, geht doch! Dann wollen wir mal weitermachen. Jetzt nimm den kleineren Vibrator, den ganzen glatten, glänzenden. Der kommt jetzt ist deinen Arsch." Meine Aufregung wächst, zwei Vibratoren!

Aber vor dem Vergnügen steht der Kampf mit der Technik. Ich stehe vor dem Spiegel, fixiere den Fotzen-Vibrator mit der einen Hand und versuche, den Anal-Vibrator in mein Hinterteil zu stecken. Aber es klappt nicht, meine Arme sind zu kurz, vielleicht bin ich auch zu verkrampft. „Mach Gleitmittel drauf", schlägst du vor. Klar, da hätte ich auch selbst drauf kommen können. Aber er will immer noch nicht. Da schimpfst du: „Wenn ich dir nicht alles haarklein erkläre… geh auf die Knie, halt den Vibrator unter dich und lass ihn nach oben zeigen, dann setz dich auf Deinen Unterschenkeln ab, wie bei der Judo-Sitzhaltung. Aber schön die Beine dabei spreizen! Und jetzt zack-zack, rein mit dem Teil!". Ich mache es, wie von dir gewünscht. Das Gleitmittel tut sein Übriges, und schon füllen mich zwei Vibratoren aus. Ich muss zugeben, dass es mich ziemlich erregt.

„Na, wie geil bist Du schon?", höre ich dich fragen. Und schon kommt die nächste Anweisung. Ich soll beide Vibratoren einschalten. Mit der Umsetzung dieser Vorgabe, habe ich überhaupt keine Probleme. Schon surren beide und bereiten mir wachsendes Vergnügen. Der Vibrator in meiner Möse ist öfter im Einsatz, wir nutzen ihn gerne zur Stimulation. Aber im Po, das ist neu und aufregend. Es vibriert ganz tief in mir drin. Im Spiegel sehe ich mich auf den beiden Toys sitzen, nur die Enden sitzen auf dem Fußboden auf und schauen aus mir heraus.

„Und jetzt, halt die beiden Teile fest und beweg dich auf und ab. Stell dir dabei vor, ich würde dich ficken. Das machst du genau eine Minute lang und keine Sekunde länger. Wenn ich Stopp sage, hörst du sofort auf." Ich beginne, die Vibratoren zu reiten. Die Reibung ist unglaublich, sofort werde ich feucht, nein eher nass. Jetzt brauche ich kein Gleitmittel mehr. Die Minute vergeht wie im Flug. Viel zu schnell höre ich dein „Stopp." Ich will nicht aufhören, ich bin so unglaublich erregt. Aber ich zwinge mich, dir zu gehorchen.

„Vibratoren beide aus", folgt die nächste Anweisung. Ich bin ein bisschen enttäuscht, ich war schon kurz vor dem Höhepunkt. Du ahnst meinen Frust und besänftigst mich: „Keine Sorge, es geht noch weiter. Lass beide Teile, wo sie sind. Steh langsam auf. Geh zur Wand gegenüber vom Spiegel. Lehn dich mit Deinem Hinterteil an die Wand. Bist Du dort?" Ich bejahe.

„Dann bück dich jetzt, so dass die Vibratoren gegen die Wand drücken. Lass die Knie durchgedrückt und beug dich vor. Sieh in den Spiegel. Dann schalt die Toys wieder ein. Hast du es?",

55

vergewisserst du dich, „JETZT darfst du deine Perle massieren! Aber schön in den Spiegel schauen dabei!" Ich sehe mich im Spiegel, die Haare hängen über meine Schultern nach vorne. Trotzdem sehe ich die über die Hebe herausragenden Nippel. Und ich erahne auch immer noch die beiden Enden der Vibratoren zwischen meinen Beinen. Dann reibe ich meinen Kitzler, erst langsam, aber schon bald sehr schnell. Und dann komme ich im Stehen, eigentlich in total unbequemer Haltung, einen Vibrator in der Fotze, den anderen im Arsch, die Hände an meiner Perle und schreie meine ganze Lust aus mir heraus und in das auf Lautsprecher geschaltete Handy.

Als ich stiller werde ich mich langsam auf den Boden sinken lassen, kommen aus dem Telefon schwerer Atem und stöhnende Geräusche, dann ein kleiner Schrei, leiser als meiner, aber unverkennbar kein Schmerzensschrei, sondern wie bei mir aus höchster Erregung. Es hat dich so erregt, mir Anweisungen zu geben und über das Handy mit zu verfolgen, wie ich mich selbst befriedige, dass du ebenfalls nicht an dich halten konntest und deinen Saft in deiner Hose oder über den Autositz entladen hast. Naja, das war die Sache doch wert, oder?

Wandertag

Es ist ein sonniger und milder Tag. Schön, dass wir beide gerade heute einen Tag frei haben. Wir haben beide die Idee nach einem Glas Sekt als Frühstück etwas zu unternehmen. Ich spüre bereits jetzt, dass ich Lust auf dich habe möchte aber meinen aufwallenden Gefühlen noch nicht nachgeben. Wir beschließen im Pfälzer Wald wandern zu gehen. Nach kurzer Fahrt starten wir auf einem Wanderparkplatz der noch ganz leer ist. Wir können es gar nicht glauben, dass wir bei diesem perfekten Wetter so alleine unterwegs sind.

Während du vor mir herläufst und ich deinen Hintern so appetitlich vor mir sehe wird meine Lust wieder aktiv. Das spüre ich an meinem Penis der langsam anschwillt und härter wird. Das Reiben der Hose an meinem nun recht prallen Schwanz macht mich so langsam kribbelig. Nun geht es auch noch bergauf und ich stelle mir vor, wie nun der salzige Schweiß deinen Rücken hinunterläuft und deinen ganzen Körper glitzern lässt.

Puh, ist es die Steigung oder doch die Erotik dieses Augenblicks, der mich so schwer atmen lässt. In mir wird das Bild von dir immer lebendiger und ich begehre dich...

Ich hechle zu dir nach vorne und streife wie zufällig mit meiner Hand deinen Po. Zuerst stiefelst du munter weiter. Sicher hast du es nicht wirklich gespürt. Nun fasse ich nochmals, aber deutlicher an deinen Po. Du drehst dich keuchend, aber lächelnd um.

Na, auch außer Puste, frage ich dich. Willst du mich etwa den Berg hochschieben, lautet deine kesse Nachfrage. Nein, sage ich und fasse dir nun eindeutiger an den Po. Außer Puste bin ich schon, aber schieben wollte ich nicht, gebe ich dir zu verstehen.

Ich habe Lust auf dich, kommen meine Worte atemlos aus mir heraus.

Ich sehe das Funkeln in deinen Augen und du bleibst nun ganz stehen. Du stemmst deine Hände auf die Oberschenkel, vermutlich um besser Luft zu bekommen oder doch um mich noch mehr zu erregen? Kurzentschlossen fasse ich dich fest um die Hüfte und reibe mich an dir. Du bleibst in dieser Haltung und spreizt nun verlockend die Beine auseinander. Durch den Stoff deiner Wandershorts kann ich dich nur leicht spüren, aber ich fühle, während ich meine Hand zwischen deinen Beinen und deinem Po bewege, wie du dich mir entgegenstreckst. Auch meine ich, deine zunehmende Nässe zu fühlen.

Während ich dich so reibe, beuge ich mich nach unten, lecke deinen Schweiß von deinen Waden und sauge in deinen Kniekehlen. Du gehst einige Schritte nach vorne und hältst dich an einem Baum fest. Das ist auch gut so, denn nun kann ich dir genüsslich die Hose nach unten ziehen.

Da sehe ich, dass du unter der Wanderhose einen sexy String trägst. Umso besser, denke ich und schiebe währenddessen ohne zu zögern einen Finger in deinen nassen Po. Du stöhnst erschrocken und gleichzeitig lustvoll auf. Während ich meinen Finger in dir auf und ab bewege und genüsslich deinem Stöhnen lausche bittest du mich mehr als einen Finger in dich zu schieben. Bevor du es richtig gedacht und gesagt hast, stecke ich dir fordernd drei Finger in den Po und dehne diese auseinander.

Deinen Lustschrei kann ich unterdrücken, indem ich meine andere Hand in deinen Mund schiebe. Gierig saugst du an meinen Fingern. Erregt von dem geilen Bild muss ich nochmal einen tiefen Schluck aus dir nehmen. Ich knie mich hinter dich und schlecke genussvoll die Mischung aus deinen Körpersäften. Besonders deinen Po lecke ich mit langen und kreisenden Zungenbewegungen sauber. Als du mich bittest, dich zu küssen, genieße ich es, wie du deinen Saft aus meinem Mund leckst. Mein Schwanz wird dabei so hart und pochend, dass ich nun nicht mehr länger warten kann.

Entschlossen schiebe ich jetzt den String zur Seite und führe meinen harten Zauberstab in deinen Po. Er rutscht fast widerstandslos bis an den Anschlag in dich hinein. Während ich dich hart und tief bearbeite und mich deine Lust mitreißt, bittest du mich, dich noch tiefer zu nehmen. Ich lasse meine Eier hart an deinen Po prallen und ziehe meinen Schwanz ganz aus dir heraus, um ihn dann mit neuem Schwung in dich einzubringen.

Ich spüre, dass ich auf dem Weg zum Höhepunkt bin und bitte dich, deine Finger an dir spielen zu lassen. Geil vor Lust machst du dich sofort an die Arbeit. Wenn deine Finger dich und wie zufällig auch mich berühren, jagen Schauer der Lust durch meinen Körper.

Fick noch mein anderes Loch, sagst du mir in mein Ohr. Voller Geilheit folge ich deiner Aufforderung und bearbeite jetzt auch deine Lustspalte. Dabei kann ich noch besser fühlen, wie deine Finger an dir spielen. Lange kann ich es nun nicht mehr aushalten und mit einem Ruck ziehe ich mich zurück, nur um noch fordernder und tiefer in deinen Po zu dringen.

Meine Lust wäre sicher im ganzen Wald zu hören gewesen, hätte ich nicht im letzten Moment meinen Mund auf deinen Hals gepresst. Ich entlade mich in deinen Po und bin froh, dass der Baum dich und mich hält.

Mein Erguss läuft aus deinem Po heraus und tropft dir an den Beinen entlang Richtung Waldboden. Da du noch nicht ganz am Gipfel bist, lehne ich dich mit dem Rücken an den Baum, während du dich befingerst.

Während ich dich auffordere mir zuzuschauen wie ich das Gemisch unserer Säfte von deinen Beinen aufwärts bis zu Quelle auflecke, spüre ich wie du dem Ziel näher kommst.

Mit meinem Mund voll von deinen und meinen Säften stehe ich langsam auf und lasse dir die

Wahl, ob ich dieses geile Gemisch schlucken soll oder du deinen Mund damit füllst, um uns zu trinken.

Während ich dich frage, spüre ich wie deine Geilheit ansteigt. Bevor du antworten kannst, schlucke ich zeitgleich zu deinem Orgasmus alles hinunter. Atemlos klammern wir uns aneinander.

Erst nach einiger Zeit realisieren wir, wo wir sind.

Wir ziehen unsere Kleider wieder hoch und sind gerade zufrieden lächelnd Hand in Hand einige Schritte gelaufen, als du mir sagst, dass du noch pinkeln musst. Mir geht es genauso. Du flüsterst mir ins Ohr, dass es dir gefallen würde, wenn du meinen Schwanz, während ich mich entleere, halten würdest. Etwas überrascht, aber von der Vorstellung sehr erregt nicke ich kurz.

Zum Glück bin ich gerade vor wenigen Augenblicken gekommen, sonst würde ich jetzt nicht pinkeln können, sondern vor Geilheit dich gleich nehmen wollen. Ich genieße diese frivole Situation.

Als Belohnung, flüsterst du mir ins Ohr, möchtest du, dass ich deinen warmen Sekt über meine Hände laufen lassen und diese dann abschlecken soll.

Während mich noch Schauer zwischen Unsicherheit und unbedingtem Ausprobierenwollen durcheilen, gibst du mir den sanften aber bestimmten Befehl, nun deinen Bitten nachzukommen. Das war der letzte kleine Ruck, den ich gebraucht habe.

Ich knie mich auf den weichen Waldboden und lassen deinen Strahl auf meinen Händen aufkommen. Als die Hände ganz von dir benetzt sind und nichts mehr aus dir heraus dringt, führe ich meine Hände an meinen Mund und schlecke beherzt deinen Sekt davon ab.

Es gefällt dir und mir so gut, dass wir vor Geilheit zitternd erst einige Zeit danach auf die Füße kommen.

Einige Minuten laufen wir schweigend und unsere eben gemachten Erfahrungen nochmals im Sinn habend nebeneinander her. Dann bleiben wir stehen und küssen uns tief und innig.

Als wir uns voneinander lösen, sagen wir fast gleichzeitig und lachend, dass wir häufiger wandern gehen sollten.

Shopping-Tour

Es war schon lange klar, dass mal wieder ein Tag fällig war, an dem ich mit dir auf Shopping-Tour gehen sollte. Unausweichlich rückte dieser Tag, den wir Männer so lieben, näher. Weil du schon weißt, wie sehr mich ein solcher Ausflug an meine Grenzen bringt, hattest du mir zur Belohnung für den Abend einen Ausklang in meiner Lieblingsbar versprochen. Okay, wir Männer sind nicht leicht zu verstehen, aber irgendwie findest zumindest du immer ein Mittel, mich doch zu motivieren etwas zu tun, dass ich eigentlich nicht so richtig mag. Als es dann endlich losging, war ich auch noch zu allem Überfluss richtig scharf auf dich. Was aber wegen der besonderen Umstände nicht dazu führte, dass wir noch übereinander herfielen, denn die Modewelt ist stärker als jeder Trieb. Naja, zumindest was dich betrifft...

In der City angekommen hattest du schon ein edles Schuhgeschäft gesichtet. Der Laden war sehr modern und mit den schärfsten Schuhen ausgestattet, die es in der Stadt zu kaufen gab. Teuer war es sicher auch, und mir schwante nichts Gutes. Bestimmt schobst du mich in den Laden. Doch anders als erwartet, fühlte ich mich gar nicht gelangweilt, sondern die vielen Schuhe, die du durch die Beraterin bringen ließt, machten mich in meiner eh schon ziemlich ralligen Phantasie an. Ich stellte mir vor, wie es wäre, wenn du nur in Schuhen bekleidet vor mir sitzen würdest. Dein kurzer, modisch-frecher Rock steigerte diese Vorstellung nur noch. Als sich unsere Blicke begegneten, wusste ich sofort, dass du erahntest, dass ich von verdorbenen Spielchen mit dir träumte. Außerdem hattest du meine sich auf meiner engen Hose abzeichnende Erektion entdeckt.

Belagert von diversen Schuhen, die dir die Verkäuferin bereits gebracht hatte, bittest du mich, dir ein weiteres Paar Schuhe auszusuchen, die mir besonders gut gefallen, und sie dir zu bringen. Meine Wahl ist klar. Ein hoher Schuh mit Lederriemchen. Schwarz und aus glattem Leder. Während du die Verkäuferin bittest, noch nach weiteren Schuhen zu suchen, fragst du mich, ob ich dir beim Anziehen der Pumps helfen kann. Der Verkäuferin teilst du mit, dass du im Moment ohne ihre Unterstützung auskommst. Etwas missmutig akzeptiert sie deine Bitte und verschwindet zwischen den Regalen. Du bittest mich, dir in den Schuh zu helfen. Der Anblick und das Gefühl dies zu tun hat etwas Erotisches. Ein Blick von dir genügt mir um zu begreifen, dass du genau weißt, was du tust. Während ich mich vor dich knie und dir in die Schuhe helfe, fährt deine Zunge in mein Ohr.

Mein ganzer Körper bebt, und ich kann nur unter äußerster Anstrengung ein Stöhnen unterdrücken. Leise gibst du mir zu verstehen, dir nicht nur den Schuh anzuziehen, sondern auch mit meiner Zunge die Schuhsohlen zu lecken. Du versicherst mir darauf zu achten, dass niemand im Laden es entdeckt. Nur wir und die Beraterin sind hier. Das geht prima, höre ich dich sagen, und jetzt mach das bitte für mich, kommt noch als leiser aber eindeutiger Befehl hinterher.

Ich bin von der Situation überfordert und betört. Erregt gebe ich mich deinem Wunsch hin und fahre langsam mit meiner Zunge an der Schuhsohle entlang. Du forderst mich auf, den Schuhabsatz in meinen Mund zu nehmen. Gerade als ich dies tun möchte sagst du „Stopp". Überrascht lasse ich den Schuh sofort sinken. Gerade noch rechtzeitig, denn die Verkäuferin kommt hinter einem Regal hervor und direkt auf uns zu. Puh, das war knapp. Innerlich zitternd hoffe ich, dass die Verkäuferin bald wieder eine neue Aufgabe erhält, damit wir unser sündig-heimliches Spiel fortführen können. Zum Glück dauert es nicht lange, bis dieser Moment gekommen ist. Dein Blick gibt mir klar zu verstehen, dass es ohne Zögern gilt, deinen Wunsch nun zu erfüllen. Bereitwillig und mit hartem Schwanz nehme ich den Schuhabsatz in meinen Mund. Leckend und saugend spiele ich damit, während du mich mit steigender Erregung dabei betrachtest. Völlig in unserem Spiel hingegeben vergesse ich alles um mich herum. Deine Warnung holt mich aus unserem erotischen Spiel unvermittelt in die Realität. Fast wäre ich nach vorne auf dich gekippt und hätte vermutlich das ganze Geschäft mit meinem Poltern zusammen laufen lassen. So geht aber alles irgendwie noch gut. Allerdings bin ich mir nicht sicher, ob auch die Verkäuferin nichts mitbekommen hat. Ich bin aber so in Erregung, dass ich den Gedanken gleich wieder beiseiteschiebe und wie durch einen Nebel das Gespräch zwischen euch verfolge.

Was ich wieder bewusst mitbekomme, ist deine Bitte an die Verkäuferin, dir doch ein Paar Nylonstrümpfe zu bringen, damit du den Schuh nicht barfuß probieren musst. Wie ein kleiner Schmetterling huscht diese mit weiteren Anweisungen von dir davon.

Bevor ich mich versehe, hast du die Gelegenheit dazu benutzt, mir deine Zehen völlig unerwartet tief in den Mund zu stecken. Genießerisch öffne ich diesen, soweit ich kann, und sauge daran. Fordernd schiebst du diese tiefer in meinen Mund bis ich kaum noch richtig Luft bekomme. Lüstern lächelst du mich an, während du noch tiefer eindringst, um dich daran zu laben, wie ich leicht würgen muss. Sofort ziehst du dich etwas zurück, um mit einem neuen Anlauf noch tiefer in mich zu bohren. Mein Schwanz ist so hart, dass ich es bis in meinen Kopf pochen spüre.

Unvermittelt ziehst du deinen Fuß zurück. Diesmal ist das Timing perfekt, und auch ich kann die Verkäuferin noch einen Flur weiter auf uns zukommen sehen. Dieses Spiel nimmt mich mittlerweile so in seinen Bann, dass ich mir wünsche, du würdest noch länger Schuhe mit mir anprobieren. Als die Verkäuferin dich darüber informiert, dass sie nun um einen Schuh in deiner Größe zu suchen, kurz ins Lager muss, kann ich mein Glück kaum fassen. Der Laden ist bis auf uns leer und einige Minuten für uns wären perfekt. Süffisant entgegnest du, dass wir schon alleine zu Recht kämen und „zur Not" ich dir ja weiter helfen könnte. Oh ja, so kann man es sagen.

Beruhigt verlässt uns die freundliche Dame und wir hören kurz später wie sie eine knarzende Lagertür öffnet. Perfekt, denke ich noch, als ich deinen Wunsch höre. Zärtlich aber sehr bestimmt erwartest du von mir, dass ich ohne Umschweife meinen Schwanz auspacke. Du forderst mich auf, kniend vor dir zu bleiben. Dabei streift mein Liebesstab an dem rauen Boden entlang. Wäre ich nicht so angetörnt, würde das sicher unangenehm sein, aber so steigert es noch meine Erregung. Dann spüre ich, wie du mir die Nylonstrümpfe in den Mund stopfst. In meiner Atmung stark eingeschränkt, mit geweiteten Augen und schwer durch die Nase atmend bin ich nun vor dir auf der Auslegeware für dich präsentiert. Wow. Wie Funken stoben meine Gedanken durch meinen Kopf. Ich will dich hier jetzt ficken. Dich nehmen und mit meinem Saft vollpumpen. Dich hart und tief nehmen.

Doch bevor mein Kopfkino den letzten Schalter umlegen kann und ich mich auf dich werfe, spüre ich, wie dein beschuhter Fuß sich auf meinen Schwanz senkt. Erst ganz behutsam, wie um zu testen, ob ich für diese Aufgabe bereit bin. Dann entschlossen und fester stellt sich dein Fuß auf meinen bis zum Bersten aufgefüllter Schwanz.

Mein Schrei verliert sich in den Nylonstrümpfen. Nur ein dumpfes Stöhnen ist zu hören. Dich macht dieses Spiel richtig an, wie ich spüre, denn nun beginnst du mit den Schuhsohlen auf meinem Schaft zu kreisen. Die Ledersohle oben und der Boden unter meinem Liebesspeer treiben mich in den Wahnsinn. Als du wie zufällig kurz in deinen Bemühungen um meinen Höhepunkt nachlässt, will ich gerade tief durchatmen, als mich dein Fuß mit viel Gewicht voll auf meinen Hoden erwischt. Jetzt ist selbst durch meinen Nylonknebel ein deutlicher Laut von mir zu hören. Um diesen zu unterdrücken ziehst du meinen Kopf auf deinen Schoß. Der Knebel wird mir herausgenommen. Der Rock ist hochgerutscht und deine feuchte Liebesspalte liegt nur leicht bedeckt von einem Höschen vor mir. Mit der Hand schiebst du es schnell zur Seite und drückst mich fest gegen deine Fotze. Sofort schmecke ich deinen salzigen Geschmack und lecke ihn gierig auf. Während du deinen Saft in mich verströmst, kennst du nun nur noch ein Ziel. Mein Schwanz wird von deinen Schuhen gerieben und gedrückt. Ich kann spüren, wie der Saft von meinen Eiern hochsteigt. Den Schaft auffüllt. Ich will mich entladen und gleichzeitig den diabolischen Schmerz, den ich durch deine geile Massage ertragen darf, noch länger spüren.

Als ich spüre, dass mir erste Tropfen entrinnen und ich kurz davor bin abzuspritzen, stecke ich meine Zunge tief in deinen saftig-schleimigen Kelch, den ich begierig leersauge. Erlöst stöhnend entlade ich mich über deine Füße, deine Schuhe und den Boden. Keuchend liegt mein Kopf auf dir. Sanft ziehst du ihn hoch und schaust mich an. Fast zeitgleich hören wir die Lagertür erneut knarren. Schnell ziehst du deinen Rock nach unten. Ich versuche so rasch es geht meinen immer noch ziemlich großen Schwanz in meine Hose zu verpacken. Gerade so gelingt mir das, als aber auch schon die engagierte Verkäuferin bei uns auftaucht.

Die angespritzten Schuhe, mein roter Kopf, die total zerknüllten und feuchten Nylons liegen wahllos vor uns auf dem Boden verstreut. Eine Mischung aus Schweiß und dem Geruch unserer Körpersäfte hängt verdächtig in der Luft. Nach Atem ringend bemerkte ich den irritierten Blick der jungen Frau.

Dann fällt mir ein, dass unter dem ganzen Durcheinander noch ein milchiger großer Fleck meines Spermas zu sehen ist. Ohne nachzudenken sehe ich wie du, um zu verhindern, dass mein Erguss sofort entdeckt wird, beherzt deinen Fuß darauf stellst.

Geistesgegenwärtig beschäftigst du die Verkäuferin mit Fragen zu verschiedenen Angeboten und lässt dein Bein ruhig auf dem Fleck ruhen. Die sichtlich verwirrte Verkäuferin machte sich nach einer gefühlten Ewigkeit nochmals auf etwas zu holen. Genau diesen Augenblick haben wir abgewartet. Hastig ordnen wir das Chaos, so gut es geht. Fast fertig hören wir die Verkäuferin näher kommen.

Der Fleck ist fast nicht mehr zu sehen. Das meiste meiner Ficksahne klebt an deinem Fuß. Den anderen Teil haben wir mit den Nylons weggewischt. Unanständig grinsend streckst du deinen Fuß in meine Richtung. Ein kurzes Nicken und ein geschnurrtes „Tu es, bitte!" ist die ultimative Aufforderung deinerseits, einen letzten geilen Liebesdienst für dich vorzunehmen.

Mit weit geöffnetem Mund leckte ich die Ficksahne von deinem Fuß. Mein ganzer Mund ist voll von dem warmen und klebrigen Saft. Als die Verkäuferin in unser Sichtfeld kommt, habe nur noch nicht geschluckt. Ihr Blick geht erst zu dir und dann zu mir. Fast ist mir, als ob ihr ein Verdacht kommt.

Sie hält den Blick auf mich gerichtet und ihr Mund kräuselte sich zu einer Frage. In diesem Augenblick höre ich dich sagen. Ach ja, die Männer. Immer Stress, wenn man mal mit ihnen einkaufen gehen will. Erst bringen sie alles durcheinander und geben auch keine wirklich brauchbaren Einkaufstipps und dann wollen sie immer gleich wieder los. Dabei fühle ich mich hier richtig wohl. Aber ich sehe schon. Wir sollten los, denn lange hält er es hier nicht mehr aus. Immer auf den Knien rumrutschen und mir Schuhe anziehen helfen. Dabei wollen wir doch nur gut für unseren Mann aussehen. Warum sonst kaufen wir denn so schöne Schuhe. Stimmt´s, fragst du die mich immer noch beobachtende Verkäuferin.

Ja, so ist es, antwortete diese. Aber das müssen sie ab und an einfach mal schlucken, ergänzt sie. Ja genau, kommt deine bestätigende Antwort mit einem vielsagenden Nicken in meine Richtung. Ohne weiter nachzudenken schlucke ich ohne zu zögern die Spermaportion in meinem Mund hinunter. Dann dreht sich die Verkäuferin vergnügt um und läuft zu Kasse. Lachend ruft sie aus einiger Entfernung: "Wenn sie alles haben was sie brauchen, können sie gerne die Schuhe an die Kasse bringen. Die Nylons nehmen sie bestimmt auch, oder?", ist ihre für mich verwirrende Frage.

Ein ruhiges Ja von dir fliegt heiter durch den Laden. Mit den Schuhen, die noch kurz zuvor meine Spritzvorlage waren und den völlig durchweichten Nylons in der Hand gehen wir zu Kasse. Ich habe den Preis schon eingetippt, ist die Antwort der Verkäuferin. Erleichtert zahle ich den geforderten Betrag. Besuchen sie uns doch mal wieder, hallt es uns hinterher, als wir das Geschäft verlassen. Ganz bestimmt, höre ich dich noch sagen.

Dienstreise

Seit gestern Abend ist klar, dass ich auf Dienstreise muss. Eigentlich war alles ganz anders geplant, aber dann kam dieser superwichtige Termin angeflogen. Die Chefin ahnte gleich, dass ich nicht zum Kunden fahren wollte, und ging offensiv in das Telefonat.

Unaufschiebbar, mehr als wichtig, dringend…. so fing das Gespräch an. Ich brauche sie vor Ort und sonst keinen, sonst können wir den Deal vergessen. Naja, hört sich zwar gut an, wenn man so gelobt und geschätzt wird, aber bedeutet eben drei Tage Kundentermine und spät am Abend im öden Hotel sich die Zeit totschlagen.

Um mich zu ködern, versprach sie mir eine saftige Prämie und ein schönes Hotel. Da ich nicht wirklich nein sagen konnte, nahm ich den Termin an.

Wie ich es dir allerdings verkaufen sollte, war schon ungleich schwieriger. Wir hatten nämlich genau für diesen Zeitraum geplant, die Kinder zu Oma zu schicken und dann Zeit für uns zu haben. Genau die Idee war aber geplatzt. Ohne Plan und somit ohne Umschweife überbrachte ich die

Nachricht. Die Begeisterung war überschaubar, aber auch du konntest nicht anders, als die Situation zu akzeptieren. Da ich gleich am frühen nächsten Morgen zum Flughafen musste, war nur Zeit für einen kurzen Smalltalk und schon war ich weg.

Schon während des Fluges und erst recht in den Meetings tagträumte ich von dir und der schönen Zeit, die wir hätten haben können. Als der Abend im Hotel nahte und das Taxi mich dort anlieferte war ich zufrieden, da der Tag geschäftlich erfolgreich abgelaufen war, aber auch angesäuert, weil ich nun nicht bei dir war. Zwischen dem Weg von der Rezeption zum Zimmer malte ich mir aus, was mir nun entgehen würde. Verdorbene Gedanken schlichen sich in mich. Ich stellte mir vor, wie es wäre, mit dir zu duschen und von dir eingeseift zu werden. Deine heißen Küsse zu fühlen. Deine Zunge in meinem Mund tastend mein Feuer entzünden spüren...

Über diesen Gedanken kam ich wie in Trance auf mein Zimmer. First-class. Soviel stand fest. Ein riesiger Schlafbereich mit ultragroßem Flachbildschirm. Soundsystem vom Feinsten und ein Bad mit eigenem Whirlpool und Regenwalddusche.

Wow. Ich war beindruckt, aber noch einsamer mit meinen Phantasien als vorher.

Es war 21 Uhr und ich spürte, wie die Anspannung des Arbeitstages noch in mir loderte. Ich war definitiv noch nicht müde. Da sah ich die alkoholische Aufmerksamkeit des Hauses, eine eiskalte Flasche Champagner auf dem Designertisch stehen. Die Idee an der Hotelbar einen mäßigen Drink zu kippen, war somit gestorben. Die obligatorischen frischen Erdbeeren neben der Flasche rundeten die Sache ab. Hier auf meinem Zimmer würde ich gediegen den Abend verbringen. Der Wermutstropfen, dies alleine zu tun, war nicht zu ändern. War nicht zu ändern? Naja, vielleicht nicht live, kam mir da ein verwegener Gedanke. Aber warum nicht per Skype? Dieses Monster an TV würde dich mir so nahe bringen wie nur möglich. Die Idee reifte in mir. Nach dem zweiten Glas Champagner hatte ich den Mut, dich einfach anzurufen. Hoffentlich bist du noch nicht im Bett. Es klingelt. Nach dem fünften Klingelton höre ich deine Stimme. Schön, dass du anrufst, höre ich dich sagen. Ist alles gut gelaufen und ... doch da platze ich schon mit meiner Idee heraus. Ich will mit dir Skype-Sex haben, presse ich hervor. Auf der anderen Seite der Leitung ist einen kurzen Moment

Stille. Dann höre ich dich sagen, so, na das ist ja mal was ganz Neues. Aber es macht mich an. Wir haben zwar schon Telefonsex gehabt, aber über Skype hatten wir noch keinen Sex praktiziert. Warum eigentlich nicht? Ich logge mich ein und dann melde ich mich wieder, höre ich dich sagen.

Als kurze Zeit später die Verbindung aufgebaut wird und ich dein Bild gestochen scharf vor mir sehen kann, wird mir richtig heiß. Ich sehe dich da vor mir stehen. Fast wie in echt. Deine Stimme dringt über das Soundsystem so deutlich in mein Ohr, dass ich wirklich der Illusion erliege, du bist bei mir. Ich mustere dich. Du hast wohl noch schnell etwas Passendes angezogen.

Lange schwarze halterlose Strümpfe umspielen deine Beine. Hohe Pumps in dunkelrot funkeln an deinen Füßen. Als Oberteil trägst du nur einen BH und darüber ein durchsichtiges Hemdchen aus Seide. Deine Arme säumen langärmlige Spitzenhandschuhe. Deine Auster ist von einem offengeschlitzten Höschen so gut wie gar nicht verdeckt. Das wirkt.

Mit einem weiteren Glas Champagner in der Hand sinke ich angetörnt auf das noble Ledersofa. Dein Anblick macht mich immer an, aber jetzt hat es

mich richtig umgehauen. Na mein geiler Lustskla-
ve, höre ich dich sagen, auf was hast du denn heute Lust? Ich bin nicht sicher, ob ich richtig verste-
he, auf was du hinaus willst, aber eine Ahnung
lässt mich sagen: „Was meine Herrin mir befiehlt."
Ah gut, gibst du zur Antwort. So habe ich das gerne. Zuerst zieh deinen Anzug aus. Aber langsam.
Ich will sehen, wie du dich entblätterst. Lass dir
Zeit und schau immer mich dabei an. Das brennt
mir die Notsicherung raus. Willig strippe ich für
dich meine Kleidung beiseite. Die ganze Szene
heizt mich an.

Ich spüre meinen pochenden Schwanz in der Unterwäsche. Gerade will ich meinen Zauberstab
packen und von der Enge der Wäsche befreien, als
du mir gebietest abzuwarten. Noch nicht! – ist
dein deutlicher Befehl zu hören. Setz dich hin und
schau zu, höre ich dich gebieterisch sagen. Dann
beginnst du auch schon, deine Brustwarzen mit
den rauen Handschuhen zu reiben. Deine Nippel
werden sofort hart und drängen nach vorne. Der
Druck und die Friktion lassen dich laut aufstöhnen.
Drück und reibe fester, höre ich mich sagen. Wie
parallelisiert schaue ich dir dabei zu. Während du
noch einige Male heftig stöhnen musst, habe ich
das Gefühl, dass meine Eier ebenfalls eine harte

Massage brauchen könnten. Durch den Stoff hindurch knete ich meine vollen Hoden. Härter und fester, höre ich deine Anweisung durch die Boxen schallen. Während ich dir deinen Wunsch erfülle, bildet sich auf dem Stoff meiner Unterhose ein kleiner dunkler Fleck. Die ersten Lusttropfen bahnen sich ihren Weg ins Freie.

Jetzt kannst du deinen Schwanz befreien, gibst du mir zu verstehen. Du selbst ziehst dir vorerst nur die Schuhe aus. Während mein Schwanz wie ein Speer nach vorne steht, als er endlich aus seiner engen Hülle befreit ist, sehe ich, wie du den Absatz deines Schuhs in deine tropfnasse Fotze schiebst. Wärst du hier, müsstest du meinen Saft vom Absatz lutschen, rufst du mir mit erregtem Gesichtsausdruck zu. Das fährt meine Erregung nochmals eine Stufe höher. Mein Herz rast und ich sehne den Geschmack herbei, der mir jetzt verwehrt bleibt. Ich würde deinen Saft nicht nur von den Schuhen lutschen, sondern auch den Squit, der deine Beine hinunterläuft, in meinem Maul aufsammeln und schlucken.

Dann sehe ich dich deine Strümpfe genüsslich von den Oberschenkeln zu den Knöcheln abrollen. Wäre ich jetzt bei dir, würdest du meinen Schwanz damit abbinden und mir so den quälend-gierigen

Genuss verlängern. Abgebunden würdest du meine Eier mit deinen Fingernägeln malträtieren. Immer an der Grenze zwischen Schmerz und Stimulanz. Während mir diese Gedanken und Bilder durch den Kopf rauschen, forderst du mich auf, mit einem Bademantelgürtel meinen Schwanz zu bondagen. Ich folge deinem Wunsch gehorsam. Schwer atmend ziehe ich den Gürtel zu, bis ich glaube, dass meine Eier bersten. Mit funkelnden Augen erbittest du genau in diesem Moment fester zuziehen. Du weißt, dass ich das nur aushalte, wenn meine Erregung fast am Höhepunkt ist. „Zieh zu", verstärkst du nochmals deine Aufforderung. Als ich deiner Anweisung nachkomme, sehe ich wie die Adern an meinem Spermabeutel anschwellen und die Spitze meines Schwanzes dunkelrot anschwillt. Bevor ich dem Druck nicht mehr standhalte, bitte ich dich den Gürtel lockern zu dürfen. Erst da sehe ich, dass du dich wild befingerst und wohl kurz vorm Höhepunkt bist. Zusätzlich hast du dir einen Analplug eingeführt, den du immer wieder ein Stück aus deinem Anus ziehst um ihn entschlossen dann nochmals hart und tief in dich zu schieben. Oh Mann, dass beamt mich direkt ins höchste Geilheitslevel. „Fick dich für mich, hart und unnachgiebig", fordere ich dich auf. Dein lüsterner Blick ist eindeutig, und ich ahne deinen Höhepunkt auf dich zurollen.

Diese tabulose Offensive von dir gibt mir den Mut, deine Bitte zu erfüllen. Mit einem entschlossenen Ruck ziehe ich die enge Schlinge um meinen Schwanz ultimativ fest. Mein Schrei hallt mir selbst in den Ohren, während ich den Eichelansatz mit meiner Hand reibe und fast zeitgleich mit dir wild zuckend einen Strom Sperma über meine Hand, den Tisch und den Teppich verspritze. Meine Wichse pumpt in unkontrollierten Kontraktionen aus mir heraus. Deinen saftigen Strom sehe ich an dir herabfließen, und deine Finger stoßen tief in deine nasse Spalte, während du dich ergießt. Völlig entkräftet sinke ich in das Sofa.

Entspannt und glücklich lächelnd sehen wir uns tief in die Augen. Den Monitor nehmen wir beide in diesem Moment nicht mehr wahr. Innig spüren wir die tiefe Verbundenheit die wir immer nach dem Liebesspiel erleben. Wir sind eins. Diesen Moment zu erleben, ist auf seine Art ein weiterer Hochgenuss. Eine orgiastische Klimax der Gefühle.

Sanft wünschst du mir eine gute Nacht und schaltest lächelnd ab.

Nun spüre ich, wie sehr ich mich für dich gequält habe. Die Haut an meinem Schaft glüht von der Reibung. Meine Eier pochen, und ich habe das Gefühl, sie würden immer noch von mir hart zerquetscht. Entschlossen gehe ich ins Bad, um mich im Whirlpool zu entspannen. Erst da sehe ich, dass ein Badvorleger akkurat vor der Wanne liegt und Badeschaum eingelassen ist. Verwirrt schaue ich mich um, doch vom Zimmerservice liegt nur ein diskretes Kärtchen auf dem Waschtisch. „Wenn Sie mit unserem Service zufrieden sind, besuchen Sie uns wieder. Gerne können Sie mir eine gute Bewertung auf unserer Website geben. Elona", lese ich darauf. Diese Dienstreise und das TV-Spiel bleibt wohl nicht nur mir in Erinnerung…

Kino

Regentag. Unentschlossen was man anfangen könnte. Ideenbörse… Ja, Kino. Warum nicht? Schon lange nicht mehr gewesen, Chips und Popcorn. Nach dem Motto: „Irgendwas läuft immer" starten wir auf gut Glück am frühen Nachmittag in Richtung Cinema.

Ernüchtert stellen wir fest, dass um diese Zeit nur Pubertierende den Weg dorthin finden, weil dann eher mittelprächtiges Angebot aufgeführt wird. Kurz bevor wir überlegen zu gehen, schlage ich dir vor, in einen Kinderzeichentrickfilm ab 0 Jahren zu gehen.

Wir sprechen uns Mut zu, dass dies bestimmt eine lustige Angelegenheit wird. Die Dame an der Kasse verkauft uns sichtlich verdutzt (da ohne Kinder im Gepäck) zwei Karten. Als wir den Kinosaal betreten, wird schnell klar, dass dies kein Saal ist, sondern eher ein sehr großes Zimmer. Während ich geräuschvoll über unser Popcorn herfalle und die Trailer schaue, stellst du fest, dass wir alleine im Raum sind.

Wenig später beginnt der Film, und wir wissen, warum wir die einzigen Cineasten sind. Ein trashiger Japan-Comic flattert grell und laut über die Leinwand. Frust! Die Idee war doch nicht so gut wie gedacht, will ich gerade sagen, als ich im Halbdunkel deine Hand auf meinen Schoß spüre.

Elektrisiert und völlig überrascht genieße ich in fast völliger Dunkelheit, nur durchbrochen von leuchtenden Filmbildern deine erotische Berührung.

Angeregt von deinen Fingerspielen schiebe ich mein Becken nach vorne und erleichtere dir den Zugang in meine enge Jeans. Genießerisch lasse ich mich von dir verwöhnen und meine Rute zum Ständer bearbeiten. Den Film habe ich komplett vergessen, während ich spüre, wie du meine Spermakugeln massierst. Gierig sauge ich an deinen weichen Lippen und knabbere dir den Hals. Ich spüre, dass dich das genauso entzündet wie es mich anmacht.

Während du meine Nüsse weiter bearbeitest und durch gelegentliches heftiges Zusammendrücken den Pegel meines angestauten Saftes steigen lässt, fange ich an, deine Brustwarzen mit meinen Fingern zu erkunden. Streichelnd, kreisend und gelegentlich ziehend an den Knospen führe ich dich auch zu Gänsehaut und leise stöhnender Wonne. Wortlos gebe ich dir zu verstehen, dich über zwei Kinosessel zu knien. Du kauerst nun mit hochgeschobenem Rock und zur Seite gezogenem Höschen wie ein Häschen auf den tiefen und weichen Samtsesseln. Deine Hüfte, die genau über einer Armlehne wie ein lässig hingeworfener Mantel zum Liegen kommt, reckt deinen Po aufreizend und bestens zugänglich meiner Rute entgegen. Ohne weitere Worte lasse ich meinen geilen Stachel in deine feuchte Muschel gleiten. Ein leises schmatzendes Geräusch ist bei jedem Stoß wie ein unsynchronisierter Unterton unter dem Film für mich zu hören. Als ich spüre, dass dein Saft an meinem Schwanz entlang läuft und klebrig-süße Tropen an deiner Poritze entlang perlen, nehme ich deinen Anus a tergo. Tief und ohne großen Widerstand gleitet mein von dir benetzter Kolben in dich hinein. Während ich dich von hinten pflüge, spüre ich, wie deine Finger deine Perle verwöhnen. Bevor ich mich entladen kann, spüre ich deine Kontraktionen, die mir deine Ankunft am Lustgipfel verkünden. Ohne weitere Stöße verharre ich in dir, bis dein Höhepunkt abklingt und du wieder anfängst, dich sachte zu räkeln. Ich spüre, wie dein Zugriff auf meinen Schwanz aktiv von dir verstärkt wird. Dann — zu meiner Überraschung entziehst du deine Lustgrotte meinem zum Bersten gefüllten Schwanz. Wie eine Katze schlängelst du dich an mir vorbei auf den Boden. Vor den Kinosesseln kauernd forderst du mich auf, mich so ähnlich wie du zuvor über die Sitze zu legen. Bäuchlings komme ich von dir geführt so zu liegen, dass du meinen harten Stab zwischen zwei Sesseln von unten melken kannst. Konzentriert und ohne Hast wichst du mit deiner Hand mein volles Glied. In der tiefen Dunkelheit sehe ich nur bei hellen Passagen des Films deinen lüsternen Blick. Er sagt mir, dass du diese Melkerinnen-Position genießt, der ich ausgeliefert bin. Mein Becken schiebt sich rhythmisch in deine Hand, doch du übernimmst die Führung. Deine fordernden Hände treiben mich in den Wahnsinn. Ich spüre tief in meinen Eiern den Saft emporquellen, als dein Griff wechselnd locker und schnell und dann wieder langsam und hart meinen Schwanz bearbeiten. Ich fühle, dass das Abspritzen nicht mehr lange auf sich warten lässt. Du spürst das auch.... Deine Schuhe, die durch die kauernde Haltung direkt unter meinem Glied stehen, werden wie zufällig von meiner Eichel gestreift. Das Anstoßen an deinen rauen Stiefeln bringt mich völlig um den Verstand. Heiß spritzt mein Sperma senkrecht zwischen den Sesseln aus meinem erlösten Schwanz. Der geile Strahl erwischt deine Unterschenkel und Schuhe. Der restliche Saft verläuft zwischen deinen Fingern und in den Handflächen. Vor Geilheit noch benommen schlecke ich dir gierig mein Sperma von den Händen. Glücklich und befriedigt richten wir unsere zerwühlten Kleider und beschließen den Kinosaal zu verlassen. Hand in Hand stolpern wir durch den dunkeln Raum in die Richtung, wo der Ausgang über das dämmrige Exit-Licht angezeigt wird. Wenige Schritte vorm Erreichen der Tür durchbricht ein gleißendes Licht die Türöffnung. Wie von Zauberhand wird die massive Tür von einer sehr jungen Frau geöffnet. Wir sehen, dass ein kleiner Stuhl im Innenraum neben der Tür steht. Lächelnd teilt uns die junge Dame mit, dass in einem Film ab 0 Jahren immer eine Aufsichtsperson im Kinosaal anwesend sein muss. Mit einem vielsagenden Blick auf die von meinem Erguss angespritzten Schuhe werden wir von ihr verabschiedet. „Besuchen Sie mich bald wieder" hören wir beide die Kleine noch sagen…

Brunnen und Kelch

Einige anstrengende Tage liegen hinter uns und wir fühlen uns ausgepowert und kraftlos. Das Gefühl schleicht sich ein, den Tag mit Faulenzen zu beenden. Morgen, sagst du, müssen wir mal unsere Batterien aufladen. So abgekämpft wie wir sind… Ich habe für uns einen Tag in einem Luxus-Spa gebucht. Nimm einfach mal einen Tag Urlaub und wir lassen es uns entspannt gut gehen. Diese Einfälle liebe ich an dir. Bevor ich auf dem Sofa einschlummere, melde ich via Mail im Büro einen Tag Urlaub und freue mich auf den nächsten Tag. Nachdem wir am folgenden Morgen unsere Utensilien für den Day-Spa-Trip gepackt haben, starten wir gut gelaunt in den Tag. Als wir in dem exklusiven Spa ankommen, den du für uns ausgesucht hast, bin ich begeistert. Solebecken, Dampfbäder, Saunen… Genauso lieben wir es. Dazu eine ruhige Atmosphäre. Als ich dann noch höre, dass auf uns ein Champagner-Frühstück wartet, kann ich mein Glück kaum fassen. Manchmal muss man tatsächlich aus dem Hamsterrad raus und sich etwas Besonderes gönnen. So ein Tag ist heute. Fertig mit unserem Deluxe-Breakfast und vom Champagner angesäuselt beschließen wir, zuerst in ein Dampfbad zu gehen. Nach dem Eintreten umhüllt uns der schwül-heiße Nebel, der nach Zitrusfrüchten duftet. Wir machen es uns auf den schönen goldfarbig gekachelten Bänken bequem. Da wir alleine im Raum sind, können wir uns gemütlich auf die Bänke räkeln. Während du es dir auf der oberen Etage bequem machst, liege ich unter dir auf der Bank und genieße die Wärme und Erholung. Wasserdampf und Schweiß perlen an mir entlang. Zärtlich fasse ich zu dir nach oben und berühre deine Wade. Deine Haut fühlt sich warm und nass an. Dass ich dich berühre, scheint dir zu gefallen. Ich spüre kleine Gänsehautschauer auf deinem Bein und höre dich genüsslich und tief einatmen. Mutiger werdend lasse ich meine Hand auf dir wandern. Ich spiele wie im Halbschlaf an deinen Zehen und arbeite mich an deinen Waden entlang bis zu deinen Oberschenkeln. Die ganze Szenerie erregt mich mehr, als ich das eigentlich vorhatte. Mein Glied wird verdächtig aktiv, und ich lasse mich weiter treiben. Von der Geilheit gepackt drehe ich mich auf die Seite, um dich besser befingern zu können. Behutsam streichle ich nun deine Nippel, die von der schwülen Hitze und meiner Aktivität steil emporragen. Den Cocktail aus Wasserdampf und deinem Schweiß lecke ich begierig von meinen Fingern. Während ich diesen

Drink zu mir nehme, spüre ich, wie mein Schwanz hart gegen die Fliesen drängt. Die heiß-raue Oberfläche macht mich an. Leise höre ich dich atmen und spüre, wie dein Bauch sich rhythmisch hebt und senkt. Entschlossen fange ich an, mit meinen Fingern deine äußeren Schamlippen zu liebkosen. Ob es dein Saft ist, der aus dir hervorquillt oder nur Wassertropfen, die sich an und auf dir sammeln, kann ich nicht sagen. Geil ist es allemal, dich so zu fühlen. Zärtlich öffne ich deine Auster und beginne gewissenhaft deine inneren Schamlippen zu bearbeiten. Dieser Handjob macht mich so an, dass ich mich auf der Bank zu reiben beginne. Mein Schwanz bräuchte jetzt eine deiner Körperöffnungen, um seine geile Fracht zu entladen, andererseits kann ich mich nicht von diesem geilen Fingerspiel losreißen. Daher rutscht mein Schwanz statt in deiner Möse nun auf den Fliesen entlang. Mein Becken nimmt dabei den Rhythmus auf, den dir sonst mein Schwanz tief und hart in die Fotze arbeiten würde. Während ich mich hilfsweise quasi selbst ficke, beginne ich das Reiben deiner Schamlippen zu beenden und deine frech hervorstehende Perle zu bearbeiten. Sanft reibend, fordernd neckend und schnell kreisend bringe ich dich auf den Weg zum Orgasmus. Dein Bauch bebt nun spürbar und ich bemerke, wie sehr du dich kontrollieren musst, um nicht verdächtig laut zu stöhnen. Das macht mich noch mehr an, und ich intensiviere mein Spiel ohne meinen Fliesen-Fick zu unterbrechen. Um meine Geilheit zu kontrollieren und ein lautes Stöhnen zu verhindern, führe ich deine Hand an meinen Mund. Gierig stecke ich mir einen Finger von dir in mein Maul und sauge daran. Dieser Maulfick mit deinen Fingern scheint dich zu kicken. Fordernd schiebst du mir zuerst zwei dann sogar drei Finger in meinen gierig saugenden Kelch. Meine Finger bearbeiten dich jetzt mit zunehmender Heftigkeit. Deine Lustkugel wird von mir gereizt, zwischen den Fingerspitzen gedreht und fordernd gewichst. Während ich spüre, wie du dich deinem Höhepunkt näherst, rammst du mir entweder aus Geilheit oder mit purer Absicht alle deine Finger in meinen Mund. Von der Tiefe und Intensität dieses Mundficks überrascht, bäume ich mich würgend auf ohne jedoch zu spüren, dass deine Hand sich zurückzieht. Mein jetzt heftig würgendes Glucksen katapultiert dich spürbar in die Klimax. Unter heftigen Kontraktionen deiner Scheide ergießt du dich. Erst als die geile Welle in dir abebbt, entfernst du deine Hand aus meinem Mund. Vor Geilheit trotz der schwülen Hitze wie nach einem Eisbad zitternd will ich dich bitten, meinen

Schwanz und damit mich zu erlösen. Doch da höre ich dich engelhaft fragen, ob ich dir noch einen kleinen (aber sehr perversen) Liebesdienst anbieten würde. Du kennst mich und weißt, dass ich dir auf dem höchsten Plateau meiner Geilheit nichts abschlagen kann. Ein heiseres JA, ist alles, was ich hervorpresse. Dann sei noch einmal mein Kelch, so wie gerade eben, wo dein Maul meine Finger empfangen hat. Ich knie mich auf die Bank und öffne wie gewünscht meinen Mund. In meinem Kopfkino versuche ich zu erahnen. was auf mich zukommt. Willst du mir deine Zehen zum Lecken geben? Dein Poloch gelutscht bekommen? Das sind die Gedanken. die mir gerade im Kopf herumschwirren, als ich sehe. wie du dich mit weit geöffneten Beinen vor mich setzt. Aha, die Fotze leer lecken also, wird es mir vermeintlich klar. Ich freue mich deinen geilen Saft zu trinken. Sanft aber bestimmt höre ich dich sagen: "Trinke meinen Saft! Ich bin randvoll mit Champagner und geilem Lustsaft von meinem Höhepunkt. Das muss jetzt raus und dein Mund soll mein Kelch dafür sein. Machst du das für mich?"

In besonders heftigen Dirty-Talks hatten wir uns das schon ausgemalt, aber noch nie realisiert. „Ja, ich will dich mit allen deinen Säften trinken", höre ich mich sagen. Aber halte bitte meinen Kopf fest, sobald ich mein Schluckmaul als Kelch an dich ansetze, damit ich meinen Dienst auch zu deiner Zufriedenheit erbringe, höre ich mich noch heiser sagen. Dann presse ich meinen weit geöffneten Mund auf deine Möse. Meine Lippen umspannen deine Auster komplett. Ich fühle, wie du fest meinen Kopf noch näher an dich ziehst und fixierst. Es fühlt sich an, als ob die Zeit wie in Zeitlupe verrinnt. Nichts scheint zu passieren, während ich als dein Natursekt-Diener vor dir knie. Dein honigsüßer Lustsaft ist das erste, was ich nun spüre. Diesen kenne ich gut und genieße es, dich so zu schmecken. Dann spüre ich ein kurzes, ganz sanftes Zittern in der Tiefe. Dein Becken schiebt sich nur noch einen Hauch mehr meinem weit geöffneten Mund entgegen. Dann spüre ich an meinen Lippen heiße, salzige und ganz wenige Tropfen deines Champagners in mich tropfen. Meine Zunge tastet sich diesem neuen Geschmack entgegen. Unsicher beginne ich, diese ersten Vorboten deines Natursekts zu schmecken und zu trinken. Überrascht stelle ich fest, dass dieser salzignussige Geschmack mir gefällt. Währenddessen perlen immer mehr Tropfen in meinen Mund und ich erahne, dass nun mehr Volumen für mich aufzunehmen gilt. Die nun rasch in meinen Mund

prasselnden Champagner-Perlen deines bernstein-
farbenen Urins füllen nun stets prasselnd wie ein
Sommerregen meinen Mund. Um richtig atmen zu
können muss ich nun meinen gut gefüllten Kelch
leeren.

„Trink jetzt", höre ich dich lustvoll sagen und von
dieser geilen Aufforderung überzeugt schlucke
den heißen Schwall der sich in mir angesammelt
hat hinunter. Ich spüre, wie du mich beobachtest,
und durch die Nebelschwaden des Dampfbades
hindurch finden sich unsere Blicke. Faszination
und Lust stehen in dein Gesicht geschrieben. Dieser Anblick macht mich glücklich, mutig und geil
zugleich. Dabei spüre ich, wie eine deiner Hände
mich am Hals streichelt und die andere Hand meinen Kopf weiterhin an dir fixiert. Jetzt wechselt
das Prasseln der Natursekt-Perlen in einen vollen
und unaufhaltsamen Strahl, der sich in mein zum
Schlucken bereites und weit geöffnetes Maul ergießt. Ich trinke diesen Strahl, der sich für mich
anfühlt wie ein Wasserfall, unter dem man steht,
und die erfrischende Schönheit dieses Stroms in
sich spürt. Nun trinke ich dich in vollen Zügen.
Schnell füllt sich mein Mund immer wieder mit
deinem Urin. Die Hand auf meinem Hals tastet
bebend nach meinem Kehlkopf, und ich sehe in

deinem Blick, dass du es genießt zu sehen und zu fühlen, wie ich dich schlucke. Als du dich völlig entleert hast und nur noch einige Tropfen aus dir herauslaufen, lässt du meinen Kopf los und schaust mich ruhig an. Ein erfülltes Lächeln zaubert sich in dein wunderschönes Gesicht. Glücklich küsse ich zum Abschied nochmals deine Schamlippen und dann deinen Mund. „Du warst ein guter Kelch", höre ich dich sagen. „Und du ein guter Brunnen, der mich sehr erfrischt hat", erwidere ich dir.

So geil wie ich nun bin, hast du nicht viel Arbeit damit mich abzumelken. Du setzt dich neben mich und wichst meinen prallen Schwanz mit langen und fordernden Zügen. Als ich mich kurz vorm Erguss aufbäume und mein Glied die ersten Lusttropfen verspritzt, leckst du diesen begierig ab und schluckst sie hinunter. Als mein heißer Spermaschwall aus mir herausdrängt, hältst du deine Hand wie eine Schale darunter. Als ich mich völlig verströmt habe, setzt du mir die gefüllte Schale an meinen Mund.

„Mach noch einmal dein gieriges Maul auf", sagst du bestimmend zu mir. Dann setzt du die Hand an meinem Mund an und gibst mir meinen Saft zu trinken. Die letzten zähen Tropfen, die an deiner
96

Hand kleben, fütterst du mir genussvoll. Als nichts mehr zu schlucken da ist, gibst du mir deine Hand zum Ablecken. Mein Sperma und dein Schweiß werden von mir feinsäuberlich abgelutscht. Vollständig gesäubert verlässt deine Hand meinen Mund. „Danke für deine Dienst mein Kelch und Putzerfisch", sagst du lächelnd zu mir. Dann verlassen wir das Dampfbad in der sicheren Erwartung heute noch einen sehr entspannten und geilen Aufenthalt im Spa zu genießen.